魔石屋アレキサンドライトへようこそ
～規格外の特級宝石師とモフモフ宝石獣《カーバンクル》の異世界繁盛記～
1
虎戸リア
illust riritto

CHARACTER

アレク

装備者に様々な効果を付与する特殊な宝石【魔石】の生成や鑑定、メンテナンスを得意とする宝石師の少年。
王都で魔石屋を開き、商人として成長していくが、困っている人を放っておけないお人好しな一面もある。

ベル

魔石によって稼働する魔導人形。アレクに助けられてからは彼をマスターとして付き従う。
魔石屋では家事全般をこなすほか、魔石を用いた戦闘も得意で諜報活動にも暗躍。

サンドラ

アレクが幼い頃から一緒に育った相棒にして、姉のような存在の宝石獣（カーバンクル）。
歯に衣着せぬ物言いで、気弱なところのあるアレクをサポートすることも。

ディアナ

“紅百の機手（ハンドレッド）” の二つ名を持つＳ級冒険者。多数の魔導人形を使役し、自身の戦闘能力も極めて高い。
破天荒で豪快な性格だが、Ｓ級冒険者に課せられた治安維持にもあたっている。

セレス

ベリル王国の王国騎士団の一つ “蒼の獅子” 所属の女騎士。魔石屋の顧客第一号となって以来、何かとアレクたちを気遣っている。
第一王女セラフィを護衛することも多い、真面目で綺麗なお姉さん。

ハイエルフの少女。エルフの王族だが、即断即決で行動力の塊のような性格。普段はエルフの里で暮らしているが、故あって王都にお忍びでやって来た。

アレクを拉致しようとした獣人の傭兵。トパゾの兄貴分。

魔石屋の近所の金物屋の店主。かつては将来有望な鍛冶職人だったが……。

アレクをパーティから追放した勇者。アゲート王家とも繋がりがあるようだが……？

“水晶林” の採掘士ギルドに所属する、どこか高貴な雰囲気を纏った採掘士の少年。

トリフェンの弟分で、共にアレクを付け狙っていた。

CONTENTS

一話【捨てる者、拾う者】

ベリル王国、王都郊外。ウィンドヒル平原――〝野営地跡〟


背の低い草がまばらに生えるその平原の中央に、崩れて壁だけとなった遺跡があった。かつてこの平原を支配していた文明の名残とされるそれは、古《いにしえ》より旅人達に野営地として使われていた。しかし、魔物が平原に蔓延《はびこ》るようになって、旅人もこの平原を通らなくなった。

そんな物寂しい野営地跡で、かつての旅人のように野営を行っている一団がいた。

「んー。おいアレク」

崩れた壁に腰掛けた青年が声を上げた。薄い金色の髪の下には整った顔があり、緑柱石のような瞳が印象的なその青年の名はジェミニ。青と白を基調とした鎧の上に赤いマントを纏い、繊細な細工が施され、宝石がいくつか柄に埋め込まれたロングソードが脇に立て掛けてあった。その格好だけは、彼の肩書きである〝勇者〟に相応《ふさわ》しいものだった。

「はい、何ですか、ジェミニさん」

勇者であるジェミニに呼ばれ、彼の旅の仲間である十代前半と思われる少年――宝石師のアレクがやってきた。金色のふさふさとした髪とくりくりとした茶色の瞳は、どこか犬っぽさを感じさせ、少年特有のまだ幼さが抜けきっていないその中性的な顔は、年上の女性達を魅了するに十分なほど整っている。

そんなアレクの肩には、緑色の体毛に覆われたリスとネコを足して二で割ったような、不思議な生き物がチョコンと座っていた。赤い瞳と、額の真ん中にある透明な宝石が陽光を反射してきらきらと瞬いている。

そのもふもふした獣の名はサンドラ。宝石獣《カーバンクル》と呼ばれる幻獣であり、世界に数体しかいないと言われている。アレクが幼い頃から共に育った、相棒であり、姉的な存在でもあった。

「もっかい確認するがよ、お前が作る魔石だっけか？　は確か一度装備したらその効果は永続するんだよな」

「はい！　今ジェミニさんの剣に付けている【筋魔両刀】の魔石ならば、付けている限り、永続的にその剣の持ち主の筋力と魔力を大幅に強化しますよ！」

アレクが嬉しそうにそう答えた。宝石師の中でも最も優秀と言われる特級宝石師であるアレクは、装備品に様々な効果を付与できる特殊な宝石――魔石の生成や鑑定、そしてメンテナンスを行うのが主な仕事だった。本人に戦闘能力はないので、魔物との戦闘では全く役に立たない。

だからこそ、アレクの肩に座るサンドラは、勇者の今さらな確認を訝しんでいた。

「だよなあ。で、魔石は嵌められる数が装備によって決まっていると」

「ですね。付けすぎると魔石の力に装備が耐えられず、壊れてしまいますから。もちろん質の良い高い装備ほど、たくさん付けられます」

「うんうん。でさ、俺が前言ってたように、今後使いそうな魔石は全部作ってくれたか？　確かそろそろだろ」

「丁度、さっき最後の一個が出来上がったところです！　ですが、予備にしてはちょっと数が多いのでは？　ジェミニさんと、賢者のラースさん、聖女のマリンさんの分だけで十分だと思うのですけど、やけに近接戦闘用の魔石が多いですよね」

アレクは一週間ほど前からジェミニに言われて、たくさんの魔石を生成していた。それを入れた革袋を差し出すと、ジェミニはひったくるようにそれを奪い、中身を確認した。

「……ちゃんとあるな。実はな、新しい奴を仲間に入れようと思ってな」

「ああ、なるほど！」

「ただなあ……金がないんだよ。国は大して金くれないくせに、お前らはそれなりの金を払わないと納得しないだろ？　今誘ってる奴も結構な金を取られそうでなあ」

「へ？」

何を言い出すのだろうかとアレクは思った。そもそもジェミニからお金をもらった記憶がない。宿代や飲食費は全てジェミニが払っていたので、それが給与分だと思っていた。

「金もないし、魔石が全部出来上がった以上、お前——いらなくない？」

そんなことを言いだしたので、ついにサンドラが口を開いた。

「ちょっと！　何言い出すのよあんた！」

サンドラの少女のような声に、ジェミニがしかめっ面をする。

「うるせえ、てめえには話してねえから黙れ、けだものが。大体、勇者の仲間なのに、魔物を連れてるのはおかしいだろ？」

「あたしは魔物じゃない！　宝石獣《カーバンクル》！」

「どっちも一緒だろうが。とにかく魔石ができた以上、戦闘もできない無駄飯食らいのお前らは用済みなんだよ。アレク、お前はもうクビだ」

ジェミニの言葉に、アレクは俯いた。言いたいことはたくさんある。でも、言い返せない。戦闘で役に立たないのは事実だし、実際にそれは彼にとって負い目になっていた。仲間達が命を削って戦う中、一人だけ隠れているしかない無力感。

それでも、一つだけ……言わなければならないことがあった。アレクは泣きそうになるのを堪えながら、それを口にした。

「でも……魔石は、メンテナンスしないと」

「はあ？　メンテナンス？　んなもん他の誰かにやらせるさ。そもそもお前、メンテナンスとか言っても、いつも磨いてるだけじゃねえか！」

「はああ!?　何言ってるのあんた！　あれは魔石の摩耗を――」

サンドラが怒りの声を上げるが、苛立ったジェミニが剣を抜いて、アレクに突きつけた。その勢いにアレクは思わず尻餅をついてしまう。サンドラが全身の毛を逆立てて、威嚇した。

「何のつもり!?」

「クビだって言ったはずだぞ!!　俺達はもう行くが、ついてくるな!!　次は脅しじゃすまねえからな!!」

ジェミニがそう怒鳴りながら剣を鞘に納めて、脇に置いていた荷物を担ぐと、大股で去っていく。同じ旅の仲間である賢者ラースと聖女マリンの気の毒そうな視線が余計にアレクを辛くさせた。三人が去っていくのを、アレクはただ見つめることしかできなかった。


それからどれほどの時間が経ったかは分からない。アレクが気付くと、ジェミニ達の気配は既にない。地面には、涙の跡があった。サンドラがその小さな手で優しくアレクの頭を撫でている。しばらくして、サンドラが優しくアレクへと声を掛けた。このままここにいたところで、意味はない。それに魔物がやってくるかもしれない。

「……アレク、行こう」

「……うん」

立ち上がったアレクはもう泣いていなかった。

＊＊＊

「ああもうムカつく!!　あいつ全然分かってないじゃない!!　アレクがどれだけ優秀かを!!」

「ん、分かったから。もういいよ、サンドラ。ありがとうね」

野営地跡から、何とか魔物と遭遇せずに王都へと戻ってきたアレクとサンドラが、会話をしながら王都の外れへとやってきた。ここまで来ると人もまばらだが、衛兵の詰め所が近いせいか治安は良い。

「今日はここで野宿かな」

アレクが背負っていた鞄から毛布を取り出すと、雨風をしのげそうな屋根の下に広げた。

「その短剣を売れば？」

サンドラが脇に置かれていた、アレクの短剣の柄に付いている魔石を爪でつつく。

「ダメだよ。これは大事な短剣なんだから。言ったろ？　母さんの形見だって」

「でも、大した武器じゃないんでしょ？　その魔石もなぜか効果が出ないし」

「きっと僕の腕がまだ未熟なせいだよ」

アレクはそう言って、壁にもたれかかった。正直これからどうすれば良いか、全く分からなかった。田舎から出てきて、母の遺言通りに王都の冒険者ギルドに行くとなぜかすぐに話が進み、気付けば勇者専門の宝石師になっていた。不満はなかったし、楽しかった。

なのに、どうしてこうなった。

「アレクは宝石師としての力は一流なんだから、しゃんとしなさい。明日は仕事を探しましょ」

「うん。でも、王都では魔石って全然知名度がないんだよね」

装備に魔石を付けて強化するという概念自体が、王都にはなかったのだ。なぜかジェミニは最初

「良くない!!」

から理解していたが、他の冒険者が同じくそうとは思えなかった。

「自ら売り込むしかないわね。勇者も使っていた！　って売り文句を使えばいいわ。それぐらいしても罰は当たらないわよ」

「うん。そうだね」

なんて話していると、目の前を行商人らしき老人が通りかかる。その荷台から革袋が数個落ちたが、老人は耳が遠いのか気付いていないように見えた。アレクがそれを拾うと、ずいぶんと軽いその袋の中身が、緩くなった口から見えた。それはこの王国で最近流通し始めたという紙幣の束だった。

「うわ……お金だ」

サンドラが思わず口にしてしまい、すぐにその小さな両手で口を塞いだ。

それでも老人は気付かずに、進んでいく。アレクは革袋を全て拾うと駆け出し、声を上げた。

「お爺さん!!　落とし物ですよ!!」

ようやく気付いた老人が振り向く。

「おや……。気付かなかった」

「ダメですよ、こんな大金が入っているのを落としたら」

アレクがそう言って、革袋を老人へと渡した。老人は中身を確認すらせずにそれを荷台へと戻す。

「ほっほっほ。うっかりしとったの。ふむ、ところで君は？」

「僕はアレク、宝石師です。こっちは僕の相棒のサンドラ」

「サンドラよ。お爺さん、アレクが良い子だから良かったけど、下手したら盗られていたわよ、そのお金」

そう答える二人に、老人が笑みを浮かべた。

「ほお、宝石師か。なるほど、君達は善き人々のようだ。ふむ、見たところ若いが……宿無しか？」

老人が、アレクが広げた毛布を見て、そう聞いてくる。

「事情がありまして……」

そうして、アレクが聞かれるがままに、詳細をぼかして事の顚末を老人に話すと――

「なるほど。魔石とはまた因果な……。よろしい。儂についてきなさい」

そう言って老人が歩き始めた。

「え？　あ、ちょっと待ってください!!」

アレクは慌てて毛布を仕舞うと、老人の後についていく。

「どこへ向かっているんですか？」

「ほっほっほ。儂の店じゃよ」

そう愉快そうに笑う老人が、アレクが野宿しようとしていた場所からほど近いところにある、路地裏へと入っていく。そこからしばらく進んだ先には、小さな店舗があった。だが看板も外されており、店の中もガランとしている。

「お爺さん、店を畳んでしまったのですか？」

「色々あっての。商品も知り合いの商会に買い取ってもらったんじゃ。君が拾ってくれたのはそのお金じゃな」

「なるほど」

「儂は、長年ここで商売をやってきたが、もういい加減疲れてきての。最後に、のんびり世界でも旅しようかと」

「でも外は危ないですよ？　魔物もいますし」

「ほほ……こう見えて若い頃は世界中を旅していたんじゃ。魔物ぐらいどうってことないわい」

老人はそう言って笑うと、古びた鍵を取り出した。

「これを君に譲ろう」

「え？」

「この店の鍵じゃ。奥は倉庫、二階は住居になっておる。好きに使っていい」

「いや、でも……なんで見ず知らずの僕に？」

アレクが不思議そうに聞き返す。

「さて……なんでじゃろうなあ。気紛れじゃ」

そう言って、老人がウインクする。そしてなぜか懐かしむような目でアレクの短剣を見つめた。

「僕はありがたい話なんですけど……やっぱりなんか話がうますぎて」

「じゃあ、こういうのはどうじゃ。これは君への仕事の依頼だ。儂が帰ってくるまでの間、この店を守るという大事な仕事じゃ。なんせ誰かが住まないと建物は腐っていくからの。留守を任す代わりに、店舗も住居も好きに使ってもらって構わない。君にここを一時的に譲渡したことも一筆したためておくから、何かあればそれを見せればいい」

そう言って、老人はすらすらと紙に何かを書き始めると、最後に魔力を込めてサインをして、それを丸めた。

「これで良い。何か困ったら、バガンティ商会を頼るといい。レガードの後継ぎだと言ってこの書面を見せれば、無下にせんわい」

そういって老人――レガードがカウンターの内側にある古ぼけた椅子に座り、煙草を吸い始めた。

「商人にとって、自分の店を持つのは夢でな。こんな街外れの路地裏じゃが……儂にとっては可愛い息子のようなものじゃ。君になら、安心して任せられる。魔石を扱った商売を始めてみるといい。きっと、上手くいく」

「なんでそんなこと分かるのよ」

サンドラが訝しんでそう聞くと、レガードが笑った。

「君達の瞳が、それこそ宝石のように綺麗だったからじゃ。それだけで……十分じゃろ」

その言葉と共に紫煙が揺れた。煙草の甘い香りが店の中に漂い始める。なぜかその香りが妙に懐かしくて、アレクは少し泣きそうになった。

こうしてアレクは、レガードからこの小さな店舗を引き継いだのだった。

アレクの魔石屋はここから始まる。

二話【初めてのお客さん】

旅に出るレガードを見送って、アレクの、王都での新生活が始まった。

「で？　どうするのー？」

店内を掃除をするアレクを見て、サンドラが窓辺で日光浴をしながらのんきにそう聞いた。

「んー。魔石の認知度が低いからなあ。いきなり買ってくださいと言ってもダメだろうし」

「そうねえ……冒険者ギルドに売り込みに行くとか？」

「ジェミニさんに追放されたってきっと伝わっているだろうし、あんまり歓迎されない気がするなあ」

「それもそうねえ。あの爺さんの言ってた、バガ……なんとか商店に持ち込んでみるとか？」

「バガンティ商会だよ。それも困ったら、って言われたからすぐに頼るのもね。まずは自分で色々やってみてからじゃないかな？」

「まあ、とにもかくにも、まずは売る物と売る場所を作らないとね」

「うん」

掃除を終えたアレクが、店内にあるショーケースの中に、ここ数日で作った魔石を展示していく。

「とりあえず分かりやすいのから作ってみたよ」

ショーケースの一列目には赤い球状の宝石がきらめいていた。

【筋力強化】と【魔力強化】の魔石ね」

それを見て、サンドラが頷きながら魔石の名を口にする。

「で、こっちが【毒無効】と【麻痺無効】」

二列目には三角形の青色の石が並んでいる。

「それに【リジェネ】と【マナ生成】」

三列目にそれぞれ形が違う、緑色の細長い水晶が置いてあった。

「基本の三色ね。でも、ちょっと効果が分かりづらいんじゃない？」

「そう思って、こんなのも作ったよ。【回復魔術】と、汎用性の高い、【火属性魔術】」

アレクの手には紫色の四角い宝石が数個握られている。

魔石は効果によってその色や形が違ってくる。

またそれぞれの効果にも系統があり、一部だが、例を挙げると――

【強化系】――赤い球状で、使用者の能力を向上する。

【耐性系】――青い三角形で、使用者に様々な耐性を付与する。

【回復系】――緑の細長い水晶で、使用者の体力や魔術の源となるマナが徐々に回復する。

【スキル系】――紫色の四角形で、付与されたスキルが使えるようになる。

この他にも様々な魔石があるが、これらの四つが勇者達によく使用されていた。

特に、生まれ持った者しか使えないといわれるスキルを、魔石だけで付与できるのは、賢者ラースですらも驚いていたほどだ。

「ああ、スキル系ね。それは確かに分かりやすいし良いかもね」

「うん。これはショーウィンドウに飾ろう」

そう言ってアレクがショーウィンドウにスキル系の魔石を飾った。それから店内のレイアウトだの、帳簿だのを準備していると、サンドラが飾ってある魔石の数を数え、口を開いた。

「そういえば魔石の値段はどうするの？　魔石の原材料となる魔物の核だって今回はストックがあったけど、これからは新しく仕入れるか採りに行かないといけないし」

「んー。それなんだけどね――」

と、アレクがサンドラに答えようとしたとき――店の扉がカランカランという鐘の音と共に開いた。

「え？　お客さん!?　まだ看板も出してないのに!?」

サンドラが飛び起きると同時にアレクは慌ててそちらへと振り向いた。

そこには背の高い、鎧を纏った綺麗な女性が立っていた。腰に差した剣からすると、騎士かそれとも冒険者か。

扉から吹き込む風で、その女性の青く長い髪がふわりと揺れ、アレクはそれについ見蕩れてしまった。

こんなに綺麗な女性は――見たことないや。

アレクがそんな風に呆けていると女性が優しく微笑んで口を開いた。

「……ここは宝石屋か？　看板は出ていないが、ショーウィンドウに飾ってあったのを見てな」

その言葉を聞いて目を合わせたアレクとサンドラが口を揃えてこう答えたのだった。

「「──魔石屋です！」」

「そ、そうか」

その女性は、少し戸惑いながらもセレスと名乗った。彼女はサンドラを見た時に少し身構えたが、害がないと分かるとすぐにそれを解いた。

「私は王国騎士団が一つ、〝蒼の獅子〟所属の騎士なんだが、儀礼用の剣に付ける宝石を探している。この辺りに腕の良い宝石師がいると聞いてやってきたのだが、君のことか？」

その言葉にアレクは首を傾げた。まだ店すら開いていない自分のことでは決してないと思うが、偶然にしてはできすぎている。そういえばこの店、最初から宝石展示用のショーケースや、鑑定用の器具が置いてあった。

もしかしたら……レガードさんは宝石師だったのかもしれない。そう考えてから、アレクは慎重に答えた。

「えっと、多分、元々このお店をやっていたレガードさんのことだと思うのですが……もう店を畳まれて旅に出ました」

「なんと……タイミングが悪かったか。では、君は？　宝石を扱っているようだが」

セレスがそう言って、ショーケースの中を覗く。

「僕も一応宝石師で、この店を譲り受けて商売を始めようと思っていまして。あ、でも僕は魔石専門でして！　だから儀礼用のちゃんとした宝石は……すみません、取り扱っていません」

アレクは正直にそう言うと頭を下げた。王国騎士団が出席する儀礼式典となると、おそらく貴族や王族が列席するようなものだろう。残念ながらそういった場に相応しい宝石類は持ちあわせがなかった。

「その魔石？　とやらはなんだ？　見た目は宝石と同じに見えるが……」

セレスの疑問に、アレクが丁寧に説明した。

「というわけで、戦闘職の方にはかなり有用な物なんですけど、王都では知られていなくて。作れるのも多分僕ぐらいですし……」

「話だけ聞くと凄いが……。ふむ、ちなみにいくらぐらいするのだ？　儀礼式典なんて滅多に呼ばれないので正直言うと、見た目さえ誤魔化せればそれでいい。安いと助かるのだが……」

「あ、だったら——レンタルはどうでしょうか？」

「レンタル？　貸し出すってことか」

「はい。滅多に使う機会がないのに、買うのは勿体ないですし、何より魔石の効果については正直半信半疑でしょう。ですので、まずはレンタルという形で使っていただいて、気に入ったらそのまま買い取り、いらなければ返却するという流れですね」

それは、アレクが魔石屋を開ける際に、売るだけではまず難しいだろうと判断し、考えた商売の方法だった。彼の故郷で、同じように魔石を作っていた彼の母親がよくそういった形で村人達に貸し出しをしていたのだ。

「なるほど……それだと確かに納得がいくな」

「それに、魔石は便利ですけど、メンテナンスが必要なんです。雑に扱い続けると壊れてしまうので、そういった意味でも使う時にだけ必要な物をレンタルするという方法は悪くないと思います」

「ちなみにレンタルだといくらだ？」

「今でしたらお試し価格で……ええっと……じゃあ一週間で、千ゴルドというのはどうでしょう？　あ、一個につきですよ」

ちょっと安すぎるかな？　とアレクは思ったが、仕方ない。千ゴルドといえば、王都の酒場で飲んで食べていればすぐに超えてしまう金額だ。だが、魔石の知名度がない以上は、まず利益を最低限にして、色んな人に使ってもらうことが重要だ。とにかく魔石の存在を知ってもらわないと、先はない。

「ふむ……まあ、こうして出会ったのも何かの縁だろう。レンタルしてみようか」

「ありがとうございます！　あ、どれにします？」

「これがいいな」

そう言って、セレスが指差したのは青い三角形の魔石だった。

「私の騎士団は青色を好むんだ」

「なるほど……えっとその魔石ですと【毒耐性】ですけど……それで良いですか？」

「構わんよ。ついでにそっちの赤いのも頼む」

「これは【筋力強化】ですね。では、二つで……二千ゴルドです。先払いでお願いします。もちろん、効果が実感いただけなかった場合は、返却時に返金させてもらいます」

「分かった。ま、効果は正直、期待していないがね」

アレクは千ゴルド紙幣を二枚受け取ると、ショーケースから魔石を取り出した。セレスが腰に差している剣をカウンターの上に載せると、アレクはその柄へと軽く魔力を込める。すると手の中にあった魔石が柄の中へと沈んでいき、あっという間に、剣の柄には蒼と赤の魔石が埋めこまれた。

「これで完成です！」

「凄いな……こんなものは初めて見たよ。てっきり穴を開けるものだと」

「凄いでしょ？　アレクは優秀なんだから」

なぜか胸を張るサンドラを見て、アレクが微笑みを浮かべた。

「取り外しは一応、僕にしかできないように制限していますけど、購入された際はちゃんとご自身で外せるようにしますのでご安心を」

「ふむ……ありがとう。式典は明日だ。終わったら返しにこよう」

「はい、お願いします！」

「ふふ、じゃあなアレクに……サンドラだったか」

「ちゃんと返しにきなさいよ〜」

こうしてアレクは魔石屋として初めて仕事をこなしたのだった。

＊＊＊

式典当日。

式典が行われた教会の、中庭での食事会。数人の貴族と司教が列席しており、セレスは数少ない女性騎士として、このベリル王国の姫である、セラフィ・アゲート第一王女の護衛に付いていた。

食事も一段落終え、セラフィが紅茶を優雅に飲みつつ、後ろに立っているセレスへと声を掛けた。

「ねえ、セレス様。先ほどちらりと目に入りましたけど、その剣の宝石……綺麗ですね。私、宝石は数多く見てきましたけど、そのように不思議な輝きを放つ宝石は初めて見ましたわ」

「――ふふふ。実は知り合いの宝石師に頼みましてね」

「なんて宝石かしら……気になりますわ」

「ええ、実はこれ、ただ美しいだけではな――っ!!」

セレスは微かな風切り音に反応して抜刀。飛んできた矢を斬り落とすが、さらに横から矢が飛来。周囲の警備兵にも矢が刺さり、悲鳴が上がる。

「ちっ!!　暗殺者かっ!?」

矢を全て剣だけで払うのは無理と判断したセレスはセラフィを押し倒し、その小さな身体に覆い被さった。背に何本もの矢が刺さる感覚と痛みが走る。

矢が止んだと同時にセレスは立ち上がった。見れば、周囲の警備兵は受けた矢傷が黒く爛れており、もがき苦しんでいる。

「毒か!?」

だが、同じ矢を受けたはずの自分には全く効いていなかった。しかしセレスがそれについて考える暇もなく、教会の屋根から暗殺者らしき男達が飛び降りてきて、こちらへと向かってくる。

「――死ね!!」

暗殺者達は盾と短剣を装備しており、セレスは思わず舌打ちをした。盾でこちらの攻撃を受けて、おそらく毒が塗られた短剣を、相打ち覚悟で刺す。ただそれだけを目的とした戦法は単純なだけに厄介だ。だが、ここで引けばセラフィが危うい。

一番先頭の男が盾を前に、突っ込んでくる。

「やるしかない!!」

セレスが、男をセラフィに近付けんと剣を一閃。

「は?」

後ろにいた暗殺者達が呆けた声を出すのも無理はなかった。

「あれ?」

その一閃を放ったセレス本人も驚いているぐらいだ。

なぜなら、ありえないほどの速度で放たれたセレスの斬撃は、盾どころかそれを持った先頭の男だけに留まらず、後方にいた暗殺者も数人まとめて斬り伏せたからだ。

「馬鹿……な!」

暗殺者達があっけにとられている間にセレスはすぐに思考を切り替え、地面を蹴った。

「くっ!!」

そのあまりの脚力に地面が爆発し、一瞬で加速したセレスが残りの暗殺者達に接近。

「はあああ!!」

セレスが剣をその勢いのまま払うと、斬撃がまるで衝撃波のように放たれ、残りの暗殺者を背後の教会ごと——真っ二つに切り裂いた。

「……凄い」

一部始終を見ていたセラフィは、命を狙われたのにもかかわらず、思わずその光景に感動してしまっていた。

「空が……斬れてる」

そうセラフィが呟いたのも無理はなかった。彼女の前で、まるでセレスの剣閃をなぞるように——雲が割れていたからだ。


こうしてセレスの活躍によって王女暗殺は未遂に終わった。

のちに、彼女は〝空斬り〟という二つ名で呼ばれるようになり、王国騎士団で初の、女性騎士長として〝蒼の獅子〟を率いることになる。そしてこの暗殺事件以降、常に蒼と赤の宝石を嵌めた剣を持ち歩いたという。

＊＊＊

翌日。

「アレク!!」

爆発するような勢いで、店の扉が開いた。

「ちょっと！　もっと丁寧に扉を開けなさい！」

サンドラがそう注意するも、来客はそれを無視して、カウンターで魔石の手入れをしていたアレクの下へと駆け寄った。

「あ、セレスさん。どうでした？」

それはセレスだった。今日は鎧を着ていないが、あの剣だけは腰に差している。身体に包帯が巻かれているのが襟口から見え、なぜかやけに重そうな鞄を持っていた。

「どうしたもこうしたもないぞ!!　なんだこれは!!」

セレスが鬼気迫る表情でそう言ってくるので、アレクの脳裏に不安がよぎる。

あれ、もしかして……魔石、全然使えなかった？

「どういうことだ！　ありえない……ありえないぞこれは！」

「ありえない……とは」

「……実は昨日の式典の途中で襲撃があってな」

「大丈夫ですか!?　その包帯はまさかその時の怪我ですか!?」

「ああ、心配ない。セラフィ王女も私も命に別状はないさ、これだって大袈裟に巻いてるだけで傷は大したことはないんだ。いやそれよりも、聞いてくれ。暗殺者はよりにもよって、〝黒毒〟を矢と短剣に塗っていてな。これは特殊な毒で即効性もあり、解毒薬もないんだ。聖女クラスの回復魔術でないと治らないほど厄介な毒なんだが……私はそれが塗られた矢を背中に五本受けた」

「うわ……痛そうですね」

「だが、毒の症状が一切出なかった」

セレスが信じられないという表情を浮かべる。

「あー。【毒耐性】の魔石を付けてたおかげね。感謝しなさいよ」

サンドラがそう言って、満足そうに頷いた。

「そうなんだよ。あの〝黒毒〟を、ただの石が無効化してくれたんだ！」

「ただの石じゃない！　魔石！」

サンドラが口を尖らせるのを見て、セレスが頭を下げた。

「すまなかった。魔石だったな。いや、それだけじゃないぞ！　剣を一閃するだけで暗殺者が盾ごと真っ二つになったし、なんなら背後の教会までぶった斬ってたぞ！　セラフィ王女が空も斬ったとか言いだして、凄い騒ぎになってしまっている」

「ああ、【筋力強化】も付けていましたもんね。でも、そこまでの力を引き出せるのはセレスさんの潜在能力のおかげですよ。常人が使ってもそこまでの効果はありませんから」

アレクがその話を聞いても驚かないところを見て、セレスはやはりか、と確信した。

彼もこの魔石も――本物だ、と。

「──アレク。これを作ったという君の力も、魔石の力も……凄すぎる。なぜ君はこんな路地裏の小さな店をやっているんだ!? こんな力ならばどこでも引っ張りだこだぞ!」

「いや……色々ありまして……」

アレクの沈んだ顔を見て、セレスが何かを察したのか、首を横に振った。

「いや、すまない。詮索するつもりはないんだ。まずは、この魔石だが……言い値で買い取らせてもらう」

「……!! ほんとですか!?」

「ああ。いくらでもいい。好きな金額を言ってくれ」

「えっと……うわどうしよう……まさかそんなすぐに売れると思ってなくて」

突然の申し出に、アレクがあたふたしていると、サンドラが口を開いた。

「初回割引で、【毒耐性】は十万ゴルド、【筋力強化】は二十万ゴルド。言っとくけど一ゴルドもまけないからね」

二十万ゴルドといえば、この王都で平民の家族が質素にしていれば一ヶ月は暮らせるほどの大金だ。

「サンドラ、それ高す──」

「買った」

セレスは鞄から金貨の入った革袋を取り出すと、カウンターの上へと置いた。

「ええ!」

「まいどあり〜。やったねアレク！」

革袋の中の金貨を見て、はしゃぐサンドラをよそに、アレクはそんな大金もらっていいのかどうか迷っていた。

「いやでも……」

「構わん。むしろその二倍以上は想定していた」

「げー。もっと吹っかけておけば良かった」

サンドラの残念そうな声に、アレクが眉をひそめた。

「ダメだよ、サンドラ。一度契約が成立したあとに金額を釣り上げるのは良くない」

「分かってるって。冗談よ冗談」

そのやりとりを、セレスが微笑ましそうに見つめていた。

「ふふふ……君らは仲が良いな。正直、最初にサンドラを見た時は魔物か!?　とびっくりしたが」

「魔物じゃない！　宝石獣《カーバンクル》！」

「なるほど宝石獣《カーバンクル》か……とにかくこれからも贔屓にさせてもらうから、よろしく頼むよ、アレク、それにサンドラもな」

そう言ってセレスが改めて頭を下げたのだった。

「こちらこそよろしくお願いします！　あ、そうだ、魔石の効果自体は永続なのですが、効果を発揮するたびに少しずつ摩耗していくんですよ。だから、定期的にお店に持ってきてください。僕がメンテナンスしますので」

「ああ、なるほど。それはどのぐらいの頻度で必要なんだ？」

「よっぽど酷使しない限りは、一ヶ月はもつんですけど……もしそれ以上となると、簡易の道具をサービスで付けますから、それを使ってご自身でメンテナンスすれば、問題ありません」

「なるほど。そのやり方も教えてもらうが、やはりプロに任せるのが一番だな。定期的に来させてもらおう」

セレスはアレクが用意した売買契約書に魔力を込めてサインすると、魔石の手入れ道具をアレクに手渡された。そしてメンテナンス方法を教えてもらうと上機嫌で帰っていった。

こうしてセレスは魔石屋の顧客第一号となったのだった。

＊＊＊

一方その頃。

オーガの洞窟、地下二階。

その洞窟は、血と臓物で床が濡れ、憐れな犠牲者となった者達の骨が至るところに積み上げられている。そんな場所の地下の広い空間で、戦闘が繰り広げられていた。

「おらあああ!!　ははっ！　やっぱすげえな魔石!!　オーガがゴブリンみてえに吹っ飛ぶぜ！」

大剣を担いだ男が剣を振り回すたびに、周囲にいた背が三メートルはある筋骨隆々の魔物――オーガが、まるで紙切れのように千切れ、吹き飛んでいく。その代わりに何度もオーガの振り回す棍棒や鉈を喰らっているが、まるでそんなことは気にならないとばかりに武器を振り回した。

血と肉片が周囲に飛び散り、男の背後に控えていた賢者ラースと聖女マリンが嫌そうな顔をした。

「おい、あんまりはしゃぐなよ」

思わずそう勇者ジェミニが、旅の仲間に新たに加えられた大剣の男――ダンズに注意する。強いのは結構だが、さっきから剣が自分に当たりそうで怖い。

「うるせえなあ。勇者のくせに小せえこと言ってんじゃねえよ」

「俺の命令は絶対だぞ」

「んだとこら。お前が強い強いと持てはやされていたのも、この魔石のおかげだろ」

「……は？　お前殺すぞ」

賢者であるラースは、もう何度目かになるこのケンカの仲裁をするのが、いい加減嫌になってきていた。そのたびにラースが密かに杖に付けていた、【精神安定】の魔石が効果を発揮する。

「二人ともお止めなさい。敵はまだ先にいますよ。ようやくオーガキングの居場所を突き止めたのですから、こんなところでいがみ合っている暇はありません」

マリンが仲裁の言葉を口にする。放っておけば、いつ決闘が起きてもおかしくない状況だった。そんなことをしている場合ではないのに。

「ちっ……もうかれこれ一週間ずっと戦いっぱなしじゃねえか。ちゃんと報酬払ってくれるんだろうな」

ダンズが愚痴る。せっかく勇者の仲間となって箔が付くと思ったのに、ずっと戦闘ばかりだ。それは良いのだが、もっと街などでチヤホヤされたりすると思っていただけに、ずっと魔物を狩ってばかりの日々が段々嫌になってきていた。

「お前が仕事すれば払ってやるよ」

「言われなくてもやってやるさ」

「ほら、怪我治しますよ」

回復担当であるマリンがそう言って、回復魔術をジェミニとダンズにかけていく。【マナ生成】の魔石のおかげで、魔術の源となるマナが枯渇しないから良いものの、もしなければどうなっていたかは分からない。なんせこの二人、魔石があるからと、争うように無茶な突撃ばかりするのだ。

「もう少し慎重に戦おうか。こう怪我をしていては、キリがない」

ラースがそう注意するが、前衛二人は聞く耳を持たない。ラースは胃がきりきりと痛むのを感じ、さらに苛立ちが募って、また魔石の精神安定の効果が発動する。

「はん、魔石があれば余裕だろ。回復魔術も攻撃魔術も撃ち放題。俺らの身体能力も上がって、負ける気がしねえ。ふん、アレク様々だな」

小馬鹿にするようにジェミニが言うが、彼も、そして他の者達も気付いていない。

この洞窟の主であり、討伐依頼が出されていた、オーガキングという強敵を目前にして――魔石にヒビが入ってきていることに。

三話【火を恐れるな】

カウンター横にある窓から差す春の陽光に当たり、アレクは眠くなるのを堪えながら、帳簿を付けていく。セレスに魔石を買ってもらったおかげで当分は生活に困らないほどの資金はある。ただ、あれから来客はなく、一度だけ冷やかしで男女二人組が店内を覗いたぐらいだ。

場所が場所なだけに仕方ないのだろう。

「セレスさんは知り合いを紹介してくれると言ってくれてたけど……うーん、流石にこう毎日閑古鳥が鳴いているとなあ」

アレクの独り言に、カウンターの上で丸まって昼寝していたサンドラが片目を開けて、眠そうな声で答えた。

「ふあ……だってまだちゃんとした看板もないし……店名も決まってないし……」

「うーん……いい加減店名も決めないと。それに看板、ちゃんとしたやつを作らないとね」

当分は無駄遣いはしないでおこうと、店の前に、手書きで〝魔石屋〟とだけ書いた簡素な看板を設置しているが、確かにあれを見て入ってくる人はいないかもしれない。

「看板ってどこで作るんだろ……」

　そんな疑問をアレクが口にする。

「鉄製の物なら鍛冶屋か金物屋なんじゃない？　村ではよくあの金物屋のおっさんが作ってたでしょ」

「あー。そういえばそうだったね。あ、この路地に小さな金物屋があったよね」

「……なんか寂れてる店でしょ」

「とりあえず行って話を聞いてみよう」

　アレクは支度をすると、サンドラを肩に乗せて、店の扉に鍵を掛けた。一応、魔石も数種類持っていくことにする。改めて外から自分の店を見ると、ショーウィンドウには魔石が飾ってあるものの、値札も付いていないし一見すると商品には見えない。手書きの看板だけでは、そもそもここがお店なのかどうかも分からない。

「んー。これじゃやっぱりダメだね」

「でしょ？　さ、まずは看板を作りましょ！」

　サンドラの言葉に頷きながらアレクが路地を進んでいく。左右には民家と所々にこぢんまりとした店舗が並んでいる。その路地の先を見ると、太陽とハンマーが描かれた紋章と〝ルベウス金物店〟と書かれた看板が置いてあった。恐る恐る中に入ると、金物屋独特の、鉄の匂いが漂ってくる。アレクはその匂いが決して嫌いでなかった。店内には日用品であるハサミやザル、包丁といった物が置かれてあり、付いている値札は日焼けして、文字が掠れている。

「――冷やかしなら帰れよ小僧」

包丁を熱心に見つめていたアレクの背中に、やる気のない声が掛かった。

アレクが振り向くと、店の奥にあるカウンターに足を乗せて座っている男性が、眠そうな目でこちらを睨んでいる。三十代ぐらいの無精髭の生えた赤髪の男で、アレクは素直に格好いい人だなあと思ったが、にしても接客する態度ではない、と厳しい評価を下していた。

「こちらの店主ですか？　僕はアレクです。この路地の先で魔石屋を開きまして」

「俺が店主のルベウスだよ……あん？　この路地の先といやあ……レガードの爺さんの店か？」

赤髪の男――ルベウスがカウンターから足を下ろすと、アレクの全身を見つめた。サンドラが睨んでいるが、彼は気にしない。

「はい。店を譲渡していただきました」

「あのジジイ、ついにくたばったか」

「旅に出ただけですよ。それで、実はお店の看板を作ってもらいたいのですが」

「……うちじゃ無理だ。よそにいきな」

もう話は終いとばかりにルベウスは手を払って、再びカウンターの上に足を乗せ、目を閉じた。

だがアレクは目敏く、そのカウンターの奥に続く通路の先に、作業場と火炉があるのを見付けた。

間違いない。この人はただ金物を売っているだけじゃない。ちゃんと……自分で打っている人だ。

なのに、ここに置いてある金物は包丁を除き、全てよそで作られた量産品ばかりだ。

アレクは、勇者と共に旅をしていた時、雑用として勇者達の武器のメンテナンスや研ぎ依頼などを全てやっていた。そのため自然と鍛冶職人達とは仲良くなり、色んな話を聞いていたのだ。曰く、鍛冶職人は必ず自分の作品には刻印を入れるという。そしてこの店の中で唯一、包丁だけがこのお店の看板にあった物と同じ紋章が刻印されていた。

だからこそアレクは確信を持って、口を開く。

「ルベウスさん、貴方本当は――鍛冶職人なんですよね？」

「……元、鍛冶職人だ」

ルベウスがアレクを睨む。

「もう打ってないんですか？　あの包丁、凄く丁寧に作られていて、素晴らしいと思いましたが」

「ちっ……小僧に何が分かる」

ルベウスが苛立った声でそう吐き捨てた。

「アレクは宝石だけじゃなくて武器とかアイテムとかも鑑定できるわよ！」

サンドラの声を聞いて、ルベウスが鬱陶しそうに手を払った。

「鑑定はできるかもしれねえがな、人の心の機微までは見えてねえぞ、小僧。俺はもう鉄は打たねえ。話は終わりだ」

アレクは黙っていた。ルベウスが手を払った時に、袖口から一瞬、腕に酷い火傷の痕があるのが見えたせいだ。

これもまた鍛冶職人に聞いた話だ。一流の鍛冶職人は炎に魅入られるか、それとも飲み込まれるかの、どちらかになるという。そして飲み込まれた者は二度と鉄を打てなくなるそうだ。もしかしたらルベウスさんは……。アレクは自分の推測に確信を得るも、そこまで踏み込んで良いのか迷っていた。

別に、看板をここで作ってもらう必要はない。

だがアレクは先ほど、ルベウスが打ったであろう包丁を本心から褒めていた。鑑定眼を使わなくても分かる。あれは、職人が魂を込めた逸品だった。だからこそ――お店の顔ともなる看板を下手な職人には作って欲しくないという気持ちが強まってしまったのだ。昔のアレクならきっと引き下がっていただろう。だが、仮にも一店舗の主となったアレクは少しだけ成長していた。

結果として――アレクは踏み込んだ。

「ルベウスさん――貴方、火が……怖いんですか」

「っ!! お前!」

ルベウスが椅子を倒して、立ち上がった。その黒い瞳には驚きと怒り、そして恐怖が混じっていた。

「飲み込まれたんですね」

「なぜそれを」

「火傷の痕が見えました。すみません……気に障ったようなら謝ります」

「はぁ……。どうもただの小僧じゃねえようだな。その通りだよ……」

ルベウスがため息をつくと、諦めたように力無く椅子に座り直し、煙草を吸い始めた。

その目は揺れる紫煙の向こうを見つめている。

「俺は、有名な鍛冶職人の下で修業していてな。幸い、俺には才能もあったし、師匠も全力でぶつかってきてくれた。おかげで、王都で最も将来有望な鍛冶職人……なんて言われてたこともある。だけどな……俺は驕っていた。ある日、大貴族からの依頼があってな。だから気合いを入れて鉄を打っていたんだ。もしかしたら、お抱えの職人になれるかもしれないという邪念に目がくらんでいた」

ルベウスはそこで一旦言葉を止め、煙を吐いた。

「俺は力を入れ過ぎて、ハンマーを打ち損ねた。打っていた剣が俺へと飛んできた時、俺はその灼熱の刃に——悪魔を見たんだ。……気付けば、俺は左腕を大火傷して倒れていた。それからだよ……火が怖くなっちまったのは。笑えるだろ？　鍛冶職人が火を怖れるなんてな……。包丁ぐらいなら打てるだろと師匠に言われて、打ってみたんだが……それも馬鹿らしくなった。だからこうして親父の家業を継いで金物屋をやっているんだ」

「僕は……笑いませんよ」

「あたしも」

アレクとサンドラの真剣な表情を見て、ルベウスが笑った。

「ははは……お前らは変な奴だな。流石はあの爺さんが店を譲っただけはある。すまんが、俺にはもう鉄が打てない。看板はよそで作るといい。何なら紹介状を書いてやろう」

諦めきった表情のルベウスを見て、アレクはとある考えが浮かんだ。

「——ルベウスさん。もし、それを僕が何とかしたら……看板を作ってくれますか？」

「……はあ？　無理だよ。何年俺がそれに時間を費やして、そして無駄にしたと思っているんだ。

大きな火を見るだけでもうダメなんだよ」

「鍛冶に使うハンマー、貸してくださいませんか？」

「あん？　それは構わねえが」

そう言って、ルベウスが奥の作業場から鍛冶用のハンマーを持ってきた。それはいつでも使えるようにと、ピカピカに磨いてあった。

やっぱり……ルベウスさんは諦めていないんだ。

アレクは無言で頷くと、持ってきていた魔石を一つ取り出した。青い三角形のそれをハンマーの上に載せるとアレクは魔力を込め、柄へと埋めこんだ。

「なんだそれ……見たことねえ」

「ルベウスさん、騙されたと思って、このハンマーを使って何か打ってくれませんか？」

「……どういうことだ」

「火が怖いのは、それをそうと感じてしまうからだと思うんです。だからそれさえ克服できれば……きっと前と同じように打てるはずです」

「おいおい……今ので、火が怖くなくなるってか？　バカバカしい」

ハンマーを握るルベウスが信じられないとばかりに声を出した。アレクは息を大きく吸うと――

ルベウスの手にあるまだ火の付いている煙草を奪って、ルベウスの手の甲へと押し付けた。

「熱っ!!　何しやがる！　って痛く……ない？」

ルベウスが目を丸くした。煙草を押し付けられたはずの手の甲には、火傷の痕すらない。

「――ルベウスさん、やってみましょう」

アレクのその言葉に――ルベウスはなぜか圧倒されてしまったのだった。

「準備する。ちと待ってろ」

ルベウスが店を閉めると、奥の鍛冶場へと足を踏み入れた。アレクが見る限り、綺麗に掃除され整頓されている。きっと……またいつか使うかもしれないと、日々手入れをしていたのがよく分かった。

「ふぅ……ふぅ……」

ルベウスが大きく息を吸いながら火炉に火を入れていた。ハンマーを握る手が汗ばむ。脳裏にあの悪魔がよぎる。

「やっぱりダメだ……」

火炉の中で火が大きくなるにしたがって、ルベウスの声が弱まっていく。

「僕を……僕の魔石を信じてください。熱は感じられても、もう火がルベウスさんを傷付けることはありません」

ルベウスの後ろにいたアレクがそう言って、ルベウスの肩に手を置いた。

「くそ……年下にそんなことを言われたら引き下がれねえじゃねえか」

ルベウスが、火炉の熱による汗では決してない、大量の脂汗を額に浮かべながら、火を見つめた。

火の中で黒い影が踊っている。それはやがて悪魔の姿になり、あの灼熱の刃を自分へと突きつけてくる。もう完治したはずの左腕が疼く。

怖い。

怖い。

なんで俺は――こんなことをしなきゃならないんだ。

「はあ……はあ……クソ！」

「大丈夫です。既にルベウスさんは火を克服しています。たとえ、あの火炉に腕を突っ込んでも……痛みすら感じませんよ」

「信じられるかよ！」

「信じてください！」

「くそ!!　どうなっても知らねえからな!!」

ルベウスが鍛冶バサミで、熱していた鉄の棒を火炉へと入れ、十分に熱せられたところで取り出した。しかし手が震えて、鉄の棒が作業台である金床に落ちる。

「っ!!」

パッと火花が弾ける。

しかしルベウスは顔を庇うのも忘れ、その火花に魅入られてしまった。火花をまともに受けた左腕には何の痛みも感じず、火傷をしている様子もない。ルベウスはその時、確かに見た。ハンマーの柄に埋め込まれた宝石から、淡い青い光が放たれた瞬間を。まるでヴェールのように自分を覆って、火を打ち消すその光が、ルベウスには――救いの光に見えた。

これならば……火は怖くない。

そこからは、身体に染み付いた、鍛冶職人の本能とでも言うべきものにルベウスは身を任せた。

鉄の棒を鍛冶バサミで掴み、ハンマーで叩く。火花が散り、甲高い音が鳴り響いた。

その感触。音。

それは……こんなにも——心地の好い物だったのか。

「ははは……アハハハハハ!! 俺は……俺は……！ 何を怖れていたんだ!!」

ルベウスはアレクの存在も忘れ、鉄打ちに夢中になっていた。

そんな彼を、邪魔をしないようにとアレク達は少し離れた位置に移動する。

「——【耐火】の魔石、こんな使い方もあるのね、アレク」

「うん。思い付きだけど、上手くいったみたい」

アレクがルベウスのハンマーに埋め込んだのは【耐火】の魔石と呼ばれる物で、使用者に火属性無効化の効果を付与する。あのハンマーを握っている限り、地獄の業火であろうとルベウスを焼くことはできない。だがずっと燻っていたルベウスの中の鍛冶職人魂には——火が付いたようだ。

「良い看板、作ってもらえそうね」

「うん」

その後、力尽きるまで鉄を打ち続けたルベウスを、二人はずっと見守っていたのだった。

＊＊＊

数日後。

「どうだ？　自信作だぜ」

ルベウスが、アレクの店の上にある看板用のスペースに、新しく出来上がった看板をぶら下げた。

「凄い……素敵です!!」

「ねえねえ！　あれってやっぱりあたしかな!?」

はしゃいで走り回るサンドラを見て、アレクが微笑んだ。

その看板は、サンドラに似た獣が大きく丸い宝石を抱き抱え、丸まっているようなデザインになっていた。

その中心には店名が刻まれている。

「〝魔石屋アレキサンドライト〟——良い名前だな」

「はい！」

その名前は、アレクとサンドラが三日三晩うんうんと唸りながら考えた名前だった。

魔石という言葉の認知度がこの王都では低いことから、別の言葉にしようかとも考えたが、代わりとなる言葉がなく、結局シンプルに魔石屋としたのだ。そしてアレクとサンドラの二人の名前を合わせた店名とくっつけた。

「ルベウスさん、素晴らしい仕事ですよ！」

「あたしをモチーフにしたのは褒めてあげる！」

「はは……お前のおかげだよ、アレク。鍛冶職人としての人生……俺はもう一度、歩んでいけそう

Magic Jeweler's
Alexandrite

だ」

ルベウスがそう言って、笑った。その笑みには、あのやさぐれていた時の暗い陰はない。どうやら火の恐怖はもう克服できたようだ。

「えっと、ルベウスさん。看板の代金ですが――」

「いらん」

「え？」

「いらん。アレク、お前には恩義がある。だからこれぐらいは、開店祝いということにしといてくれ」

「でもこの看板……アクアライト製ですよね？　あれって滅茶苦茶高い鉱石のはずですよ！」

アレクは鑑定眼で、ルベウスが作った看板が、アクアライトと呼ばれる金属で作られてあることを見抜いていた。アクアライトは、丈夫で耐久性があり、かつ水にも強く錆びることがないという。野外で使う金属としては最高峰の素材の一つだ。その代わりにその原材料となる鉱石は希少で、常に高値で取引されている。

「俺は確信しているんだ。お前と、そしてお前が開いた魔石屋の名は、絶対にこの王都中に轟くことになる。だったら、やっぱり店の顔となる看板は、ちゃんとした物にしないと、だろ？」

そう言って、ルベウスがニカッと笑ったのだった。

「あ、じゃあ、ルベウスさん。ハンマーに付けたあの魔石は、代金代わりに差し上げます」

「ん？　良いのか？　あれこそ高いんじゃねえのか？」

返すつもりだったルベウスが首を傾げた。

「構いません、また作れば良いんです。その代わりに、ルベウスさん。鍛冶職人として、お仕事を依頼をしたいのですが」

そう言って、アレクはニコリと笑い返した。

「くくく……商売人らしい顔付きになってるじゃねえか」

ルベウスが悪い笑みを浮かべると、煙草を吸い始めた。お互い、商売人同士だ。一方的な貸し借りをお互いに作りすぎないことが上手くやっていくコツだと、アレクもルベウスも理解していた。

「ま、大体見当が付くがね」

アレクが頷くと、口を開いた。

「流石ですねルベウスさん。それで、依頼についてなんですが……僕の店で売る——魔石を使った武器を作ってください」

四話【不死狩りと魔石武器】

カランカランと、扉の鐘が軽快に鳴る。

「いらっしゃーい！」

サンドラが嬉しそうにカウンターの上で声を上げた。アレクもカウンター内での作業を中断し、扉の方へと笑顔を向ける。

「あの……アレクさん？　はいます？」

入って来たのは、セレスと同じ鎧を着た青年だった。

「いらっしゃいませ。僕が店主のアレクです」

「そして私が看板のモデルであり、看板娘であるサンドラよ！」

サンドラが後ろ脚で器用に立つと、腕を組んで満足そうな表情を浮かべていた。どうやらよほどルベウスに作ってもらった看板を気に入っているようだ。

「こんにちはアレクに、サンドラちゃん。僕はヘリオ、見ての通り騎士だよ」

その若き騎士――ヘリオは明るいオレンジ色の髪の下に柔和そうな顔があり、全体的に細くどこか頼りない印象を抱かせた。短槍を背負っており、右手には籠手と一体化した小さな盾を装備している。アレクはその小盾に刻まれた、吼える青い獅子の紋章を見て、すぐに気付いた。

「もしかしてセレスさんのご紹介ですか？」

「あれ？　なんで分かったの？」

「その盾の紋章、〝蒼の獅子〟のものですよね」

「ああ……なるほど。流石はセレスさんが珍しくベタ褒めした人なだけはあるね。まさかこんな若い店主だとは」

「あはは……それで、セレスさんのご紹介ということは、やはり魔石をお求めですよね？」

「ああそうなんだよ。実は明日から、騎士団のとある任務に向かうんだけど……それがちょっと厄介というか個人的に苦手な任務で」

そう言って言い淀むヘリオに、アレクは椅子を勧めた。

「どういった任務でしょうか」

「ありがとう。王都の北にある廃墓地は知っているかい？」

椅子に座ったヘリオの言葉に、アレクは少し考えて答えた。既に大体の話は摑めたが、まずは話を聞くことにした。

「ええ。古くに廃棄されて、今は使われていないとか」

「そうそう。それで、最近は聖教会の連中が浄化をサボっていてね。定期的にアンデッドが湧くんだよ。で、放っておくと危険だからと、騎士団にアンデッド討伐の任が下ってね。みんな嫌がる任務だから大体僕達みたいな下っ端が行かされるんだ」

「アンデッドは厄介ですね。負のエネルギーが充満している場所ですと、物理的に倒してもすぐに復活する上に、毒や呪いなどの状態異常を付与してきます。さらにレイスなどの霊体系の魔物がいる可能性を考えれば、魔術師や聖職者がいないと、正直戦いたくない相手です」

すらすらと答えるアレクを見て、ヘリオが驚く。たかが商人、たかが少年と侮っていたが、どうやら認識を改めないといけないようだ。

「やけに詳しいね。元冒険者かい？　いやその年でそれはありえないか」

「ふふふ……秘密です。つまり、ヘリオさんは対アンデッドを想定した魔石をお探しということですよね？」

「そうなんだよ！　セレスさんに、【耐毒】の魔石を付けてこいって言われまして。レンタルならば僕の安月給でも払えると」

「そうですね……対アンデッドでしたら、こういった魔石がオススメですね」

そう言ってアレクが取り出したのは――

・【耐毒】
・【耐呪】
・【聖属性魔術】
・【火属性付与】

の四種類の魔石だった。

「効果については耐毒、耐呪辺りは分かるかと思います。聖属性魔術は付けるだけで、本人の素質にもよりますが、聖属性の魔術が使えるようになります。火属性付与は、武器に火属性を付与することで、斬るだけで相手を燃やすことができる魔石です。言わば、付与魔術【エンチャントフレイム】の永続版ですね。ただし威力自体は【エンチャントフレイム】よりは控えめですが」

「……凄い!! これを全部付けたらアンデッドなんて怖くないな!」

喜ぶヘリオだったが、アレクは浮かない顔をしていた。

「セレスさんから聞いているかどうか分かりませんが、結論から言うと……これらをヘリオさんの装備に全て付けるのは――不可能です」

「え?」

「実は、魔石には武器との相性があります。例えば、ヘリオさんが持っている槍。それに【火属性付与】の魔石を付けることは可能です。ですが――【聖属性魔術】は無理ですね」

「なぜだい? セレスさんは確か魔石を二つ付けていたと思うけど」

「それは、あの二つがたまたま剣と相性が良かったからですよ。特に、このスキル系の魔石はかなり武器を選びます。例えば、【聖属性魔術】の魔石は、杖やメイスだと問題ありませんが、剣や槍だとおそらく効果はさほど見込めません。せいぜい初級聖属性魔術が使える程度でしょう」

「いや……それでも十分凄いけど。回復魔術や聖属性魔術は聖職者の専売特許みたいなもんだから」

「逆に、【筋力強化】の魔石は剣だと効果が発揮しやすいですが、杖だとイマイチだったりします。そもそも、相性の悪い魔石を付けると、他の魔石が付かなくなります。なので、その槍に、【火属性付与】と【聖属性魔術】を同時に付けるのは無理なんですよ」

魔石と武器の相性。それはアレクにとって、長年の悩みの種だった。かつて一緒に旅した勇者の仲間達は明確に役割が分かれていたので、問題はなかったのだが――これからはどんなお客さんの要望もなるべく叶えてあげたいとアレクは思っていた。

回復魔術を使いたい剣士だって、筋力を強化して杖で殴りたい魔術師だって、いたって良いのだ。

そして、ルベウスという理解ある優秀な鍛冶職人と知り合えた時――アレクは思い付いたのだった。

「ですが、心配しないでください。丁度、アンデッド討伐にぴったりな新商品があります」

そう言って、アレクは笑みを浮かべると、カウンターの中から――一本の槍を取り出した。

アレクが取り出した槍は、見た目だけで言えば、穂先が十字架のようになっているただのスピアだ。だがその十字架部分に紫色の宝石が埋まっており、柄にも複数の宝石が埋め込まれていた。

「これは……？　変わった宝石屋と聞いていたけど……武器も取り扱っていたのかい？」

「はい。これは〝魔石武器〟と名付けた新商品です。ふふふ……セレスさんもまだ知らないやつですよ。先ほど説明したように、武器と魔石に相性があるなら、最初から魔石を埋め込む前提で武器を作れば――それは魔石の効果を最大限に活かせる武器になるのではないか、と考えたのです。その完成品が、魔石武器です」

ヘリオがゴクリと生唾を飲んで、カウンターの上にあった槍を見つめた。

「この槍は――〝十字架槍《クロススピア》〟という名の対アンデッドを想定して作った杖槍です。ざっくり解説すると、柄の部分は杖、穂先は槍と想定して作っています。なので、本来なら相性が悪く付けられない魔石を、一つの武器に付けられるのです。これには先ほどお見せした四つの魔石が全て埋め込まれていて、かつ最大限に効果が発揮できるようになっています。これさえ持てば――アンデッドは恐るるに足らず、です」

そう言って、アレクは説明を締めくくったのだった。

「――でも高いのだろ？」

ヘリオが不安そうにそう聞いてきたので、アレクは笑顔を返した。

「今回だけ特別に、お試し価格でレンタルいたしますよ。一週間で一万ゴルドでどうでしょう？」

「い、一万ゴルド……ちょっと高いな」

ヘリオの様子を見て、アレクは素早く言葉を付け足した。

「一万ゴルド――ですが、使われるのは明日だけということであれば、特別に二泊三日の五千ゴルドでも構いません」

にっこりと笑ったアレクを見て、ヘリオは内心でホッと安心していた。やはり、まだ若い店主だ。簡単に半額まで値下げしてくれた。五千ゴルドなら、まだ手が出しやすい。

「じゃあ、それで！」

「ありがとうございます！　使い方を詳しく説明しますね！」

そうして説明を受けたヘリオは機嫌良く、槍を持って退店したのだった。

ヘリオが去ったのを見て、サンドラが小狡い表情を浮かべながら口を開いた。

「あくどいことするなあ。二泊三日で五千ゴルドって日割りにしたら割高じゃん」

「でも明日しか使わないのに一週間借りても仕方ないでしょ？」

「それは確かにそうかも」

「それに、試してもらいたいのは本当だしね」

アレクは、この王都周辺で活動する冒険者や騎士といった客を想定して、ルベウスと何本か魔石武器を試作していた。当然、廃墓地のアンデッド討伐も想定済みであり、だからこそすぐに、あの槍を提案できた。

アレクは既に確信していた。間違いなくこの武器は――売れる、と。

＊＊＊

王都の北、エンデルヘア大霊園、通称――〝廃墓地〟

薄らと霧のかかる、昼だというのに薄暗い墓地。もう夏を迎えるという季節なのに、なぜか肌寒く、まるで死者の吐息のような冷たい風に乗って、呻き声がどこからともなく聞こえてくる。

墓地の入口にある鉄格子の門の前に集まった若い騎士達が、皆不安そうな顔をしながら指示を待っていた。

「よし、では二人一組になって、各自アンデッドを撃破するように！　俺はここで待っているので何かあれば戻ってこい」

監督役である唯一の上位騎士の言葉に、ヘリオ達下位騎士が二人組になり、墓地の中へと進んでいく。

ヘリオは後輩である女騎士のネフラと組んでいた。茶色の短髪で、凛々しい顔付きも相まって、ネフラは一見すると中性的で騎士姿が似合っていたが、今は見えない影に怯える少女にしか見えない。

「ううう……私、こういう雰囲気苦手なんですよ。大体あいつズルいですよ！　一人何もせずに入口で待機って！」

ネフラが、上位騎士の姿が見えなくなってから愚痴をこぼす。

「僕なら、一人で入口で待つ方が嫌だけどね。ふっ、だけど心配ない。アンデッドなら僕に任せろ、ネフラ」

「なんでそんな自信満々なんですかヘリオ先輩……。一昨日まで、アンデッドなんて嫌だああって叫んでたじゃないですか」

「今日の僕はひと味違うのさ」

ヘリオは大袈裟に、アレクの店からレンタルした魔石武器――十字架槍《クロススピア》を構えた。銀色の刃と埋め込まれた魔石がキラリと光る。

「なんか雰囲気のある槍ですね。そんなの持っていましたっけ」

「ま……まあな！」

後輩の手前、金が足りないからレンタルしたとは言えないヘリオだった。

そんな風に会話する二人の前の霧から、黒い影の群れがゆっくりと出てきた。腐臭を漂わせるそれは、歩く腐乱死体――ゾンビだった。それが少なくとも、十体以上はいる。

「で、でたああ!! 言っときますけど私、魔術はからきしですからね！ 一応火属性のアイテムは持ってきましたけど！」

及び腰のネフラの前へとヘリオが出る。その勢いのまま、槍をゾンビへと突き出した。

「ギャアアア!!」

穂先がゾンビを貫くと同時に、ゾンビの身体が炎上。

「おお！ 火属性付与の魔術ですか!? いつのまにそんなものを修得したんですか？」

「違うぞ、ネフラ――これは元から火属性が付与されているんだ！ つまり【エンチャントフレイム】の永続版さ！」

「そんな武器、あるんですか？」

「これが証拠さ！」

ヘリオが慣れた手さばきで、次々とゾンビ達を突いていく。突くたびに炎が上がり、ゾンビ達が灰になる。

「凄い！」

「だろ？」

と言いつつヘリオは心の中で、改めてあの店主の凄さを感じていた。とにかく、アンデッドを狩るのが快適だった。まず、槍というのが良かった。特にゾンビは体液や爪に毒が含まれている。つまり近付いて攻撃するだけで、それを喰らってしまうリスクがある。だが、槍であれば近付く前に倒せるのでその心配がほぼない。さらにこの槍自体がかなりの業物であり、訓練用の槍とは使いやすさが段違いだった。

おかげで、この槍であれば一方的に攻撃をし続けられるのだ。そして万が一に備えて【耐毒】と霊体系の魔物が使ってくる呪詛を無効化する【耐呪】がある。

「負ける気がしないな！」

「あっ！　先輩、あれ！」

前方で悲鳴が上がる。奥から、先へと進んでいた騎士達がこちらへと逃げてくるのが見えた。

「に、逃げろ!!　ダークレイスが!!」

「くそ!!　なんでこんなところにあんな奴が!!」

「お前ら、早く入口に行ってこのことを報せ――ギャアアア!!」

一番後ろにいた騎士が、喋っている途中で背中を斬られてしまう。

「あれは……先輩まずいですよ！」

「見れば分かる！」

それは黒いローブを羽織った骸骨――ダークレイスだった。宙に浮いており、縦横無尽に大鎌を振って騎士達の反撃を捌いていく。

「お前ら下がれ！」

駆け付けた上位騎士が剣を振るうも、その半透明の身体を通り抜けてしまう。

「ダークレイスは上位アンデッドですよ！　聖属性魔術で実体化させないとダメージすら与えられません！」

ダークレイスは本来なら高位の聖職者や魔術師がいないと勝てない相手だ。普段のヘリオなら逃げることしか考えていなかっただろう。だが、ヘリオは不思議と冷静だった。このまま逃げたところで、このダークレイスはどこまでも追ってくるだろう。王都に戻ることはどうせできないのだ。

ならば——

「僕が……倒す」

「ダメですって先輩!!　いくら火属性が付与されていても、当たらなければ意味がありません！」

槍を構え直したヘリオを見て、ネフラは自殺行為だとしか思えなかった。聖属性魔術は聖職者にしか使えない魔術であり、目の前の先輩が聖職者であったという話は聞いたことがない。

そもそも高位の聖職者の魔術でなければ意味がない。仮に付け焼き刃の聖属性魔術があったとしても無駄だ。なのに、なぜか普段は頼りないその背中が——ネフラには大きく見えた。

ダークレイスがヘリオへと迫る。

「&%ギ$&ガ%$」

ダークレイスが耳障りな声と共に黒い呪詛を周囲に巻き散らした。それに当たれば、耐性のない者は呪われて恐怖のあまり動けなくなってしまう。そうなれば、死は必然だろう。

「先輩!!」

しかしヘリオは動じない。槍の柄にある魔石が淡く光り、呪詛を無効化していくのが見えたからだ。

「亡者よ、縛鎖に絡まれし獄者よ！　我が聖なる領域にてその姿を現せ！――【ホーリーフィールド】！」

ヘリオが詠唱しながら目の前に迫るダークレイスへと槍を向けると、穂先からまばゆいほどの光が放たれた。すると彼を中心とした地面に魔法陣が現れ、そこから何本もの光の鎖が放たれ、ダークレイスへと絡まっていく。

「ギュ%$#%ア&%$アア!!」

もがくダークレイスの身体が、実体化していく。

「うそ……。どうやってあんな上級聖属性魔術を……？」

「トドメだ!!」

ヘリオが崩れた墓石を蹴って、飛翔。光鎖に雁字搦めにされ、動けなくなったダークレイスの頭部へと槍を突き刺した。

槍から炎が爆ぜ、ダークレイスが炎上。

「ギュ%&$ア……」

廃墓地を覆っていた霧――この墓地に溜まっていた負のエネルギーがダークレイスへと集束していき、そして火の匂いだけを残し、ダークレイスが消失。

霧が晴れ、陽光が廃墓地に降り注ぐ。それによって、アンデッド達が断末魔の叫びを上げながら浄化されていった。

「ふう……」

槍をくるりと回し地面に立てたヘリオは、大きく息を吐いた。

まさか、本当に倒せるとは思わなかった。

「……先輩!! 凄いですよ!! たった一人でダークレイスを倒すなんて!!」

ネフラが背後から抱き付いてきて、ヘリオはようやく我に返った。

「あ、ちょ、くっつくな! まだ任務中だぞ!」

ヘリオが顔を真っ赤にしながら、そう叫ぶも、ネフラは聞こえないフリをしてそのまま抱き付いていた。その後、幸い怪我だけで済んだ他の下位騎士達も、応急手当を施されたのちにヘリオの下に集まってきた。

「すげえな! お前いつからあんな聖属性魔術使えるようになったんだ!?」

「てめえ! 実力隠してやがったな!」

「マジで尊敬っす!」

「ダークレイス相手で、死者が出なかったのは奇跡だ……よくやったヘリオ。このことは団長にも報告するよ」

上位騎士の言葉や周りの騎士達から賞賛の声を浴びて、ヘリオは内からこみ上げてくる喜びを噛み締めた。何よりネフラから熱っぽい視線を受け、彼は槍のレンタルを延長することを決意したのだった。

この事件によってヘリオは〝不死狩り〟という二つ名を付けられ、彼の代名詞的な武器として十字架槍《クロススピア》の名が王都に広まることになった。

それと共に、その製作者であるアレクとルベウスの名もまた徐々に広まるのであった。

＊＊＊

オーガの洞窟、地下三階――〝大鬼の玉座〟

そこは、粗末ながらも装飾が施された広い部屋であり、骨と木材でできた粗末な玉座に、オーガより一回り大きなオーガキングが座っていた。その頭には頭蓋骨で作られた王冠が載っている。

そんなオーガ達の王を前に、勇者の一団――ジェミニ達が戦闘を行っていた。

「ええい！　邪魔するな!!」

ピシリ。何かにヒビが入る音が小さく響いた。

ジェミニが魔石によって強化された斬撃で、オーガキングの手前にいたオーガを切り裂いていく。

「――【サンダーブラスト】！」

ピシリ。ラースがジェミニを狙うオーガを、魔石によって強化された魔術で貫いていく。

「おらあああ!!　雑魚はどけえええ!!」

ピシピシ。ダンズが魔石の力で強化された筋力で大剣を振るい、オーガ達を薙ぎ払う。

「【グレーターヒール】――無茶しないで！　まずは取り巻きのオーガを倒しま――っ!?」

パリン。戦闘の喧噪の中で、その音は静かに――でも確かに響いた。

「あれ……？」

回復役に徹していたマリンは、急激に自分の中から力が抜けていくのを感じた。

「なんだ!?　っ!!　こいつら!!」

ジェミニは急にオーガ達が素早く、そして力強くなったことに驚いていた。

「――【フレイムランス】!!　……なぜだ!?」

ラースは自身が放った魔術が今までと比べ物にならないぐらいに、小さく、そして弱くなっていることに唖然とする。

「がはっ！　いてえええ!!」

ダンズの大剣がオーガによって止められ、反撃の蹴りを食らってしまった。

「どうなっている!?」

ジェミニが混乱しながらバックステップ。しかし、それは想定していたよりもずっと短い距離でしかなく、踏み込んできたオーガの棍棒を避け切れず、剣で防ぐ。しかしこれまでになかった重みを感じ、思わず剣を逸らしてしまう。

そうして悪戦苦闘するジェミニ達をよそに、マリンは自分の杖を見つめ、そしてようやく事の重大さに気付いたのだった。

「あいつらが急に強くなったんじゃない……私達が――弱くなったのよ」

「――ま、魔石が！」

ラースも気付いてしまった。自分の杖に埋め込んでいた魔石が――割れていることに。

ない。

「ふざけんな！　なんで魔石が割れてるんだ！」

何とかオーガを一体倒したジェミニが叫ぶが、それに対する答えを持つ者は、既にこの場にはい
「撤退！　撤退よ！　このままだと、全滅する！」

「ふざけんな！　オーガキングがすぐ目の前にいるんだぞ！」

ジェミニがそう叫ぶが、ラースとマリンは既に撤退準備をしていた。

「くそおお!!　俺を蹴りやがったなクソオーガ風情があああ!!」

激昂するダンズが無謀にも突撃する。

「死ねええ!!――あっ」

轟音と、肉の潰れる音が響く。

「ゴアアアアア!!」

好機とばかりに参戦したオーガキングが、振り下ろした巨大なハンマーを再び持ち上げた。地面には、ダンズ……だった何かが潰れていた。それを見たジェミニは、くるりと背を向けると一目散に出口へと向かった。無理だ。今のままでは……あれには勝てない。

「くそ!!　なんでだ!!　どうしてこうなった!!」

追ってくるオーガ達の殺意を背中に感じながらジェミニが叫ぶ。

しかしそれは、自業自得以外の何ものでもなかった。

五話【魔導人形は魔石の夢を見るのか】

王都——魔石屋アレキサンドライト。

「ふふふ……アレクよ、ヘリオが大喜びだったぞ」

セレスがカウンターの上に寝そべるサンドラのお腹を撫でながら、嬉しそうにそう報告する。彼女は定期メンテナンスのためにアレクの店を訪れていた。剣の魔石の摩耗度を確認していたアレクがそれに答える。

「ローンを組んででも買いたいと仰ってくれたので、きっとそうだと思いましたよ」

「払い終わるのは来年かな？　うちは安定収入になるのでありがたい！」

サンドラはセレスに撫でられるままにされており、気持ちよさそうな表情を浮かべている。

「廃墓地の浄化を一気に済ませ、かつ上位アンデッドを単独で討伐したヘリオは高く評価され、団内での序列も上がったからな。問題なく払えるだろうさ。万が一何かあれば私が代わりに払う」

「ヘリオさんなら大丈夫ですよ。でも、良かったです。魔石武器の有用性が確認できましたし」

アレクが剣から埋め込まれていた魔石を取り出すと、慎重に専用の布——魔力伝導率が高い素材でできている——を使って、丁寧に磨いた。磨きながら少しずつ魔力を通し、魔石内に生じた無数の小さなヒビを修復していく。

「それなんだがな、まだ先になると思うが、一本作ってもらいたいのがある。そういうオーダーもできるのだろ？」

「もちろんです。それがむしろメインになりますね。お客様の要望を聞いて、それに添った魔石武器を製作するのが本来の流れですから」

「なるほど。また話をさせてもらうよ」

「はい。メンテナンスはこれで終わりです。セレスさん、ちゃんと教えた通りに毎日メンテナンスやっているようですね。大きなヒビも無く、新品同様に戻りましたよ」

「不器用ながらもやっているよ。武具の手入れを毎日するのは騎士の基本だからな」

「それができない馬鹿がいるのよねえ。誰とは言わないけど」

サンドラがそんなことを言いながら、自分達を追いだした勇者の顔を思い浮かべた。

「大丈夫かなあ……メンテナンスしてればいいけど」

最近店舗経営が楽しくて、ジェミニ達のことをすっかり忘れていたアレクだったが、彼等は未だ旅を続けているはずだ。

「してない方に、今日のおやつを賭けるわ」

「じゃあ僕もそっちに」

「賭けにならないじゃない」

だが、もはや自分には関係ないことだ。アレクは思考を切り替えた。磨いた魔石を再び剣に埋め込むと、それをセレスに手渡した。

「これで、一ヶ月ぐらいはまた平気でしょう。もし万が一、大きなヒビが入ったら絶対に使わず、すぐに持ってきてください。魔石は成長します。もし壊れたら、また一から育て直しです」

「成長する?」

「はい。とはいえ、ゆっくりなので、中々効果は実感しにくいですが」

「なるほど……気を付けておくよ。ああ、そうだ。昨晩、この近辺でS級冒険者が暴れ回っていたらしい。なんでも、賞金首が近くに潜伏していとか……。まったく、迷惑な話だ。賞金首も捕まっていないみたいだしな。アレクも気を付けておくことだな」

難しい顔をしたセレスさんにアレクが聞き返す。

「それはどちらに気を付ければ良いのです? 賞金首? それとも――冒険者?」

「――両方だよ。では、また」

そう言って、颯爽とセレスさんが去っていった。

「賞金首だってさ! アレク、探しにいってみる!?」

「嫌だよ。僕は戦うのは苦手だし、気を付けろと言われたところでしょ」

アレクはとりあえず戸締まりはしっかりしようと思ったのだった。

＊＊＊

その日の深夜。爆炎が上がり、屋根が破砕される音が響く。

アレクの店のある路地に、小さな人影が落ちてきた。

地面に落ちたそれは、少女の形をしていた。悲鳴も苦悶の声も上げることなく、顔を持ち上げる。

銀色の髪が月光を反射し、ガラス玉のような瞳には微かな赤い光が宿っている。その顔は怖いほどに整っているが、何の表情も浮かべていなかった。

足が折れているのか、それは腕だけでズリズリと這って、前へと少しずつ進んでいく。

「稼働率二十%まで低下――魔力供給及び修理が必要と判断――スキャン開始――大量の魔力珠の反応有り――」

その赤い瞳の先には、可愛らしい獣がモチーフとなった看板の店があった。

看板にはこう書かれていた――〝魔石屋アレキサンドライト〟、と。

＊＊＊

アレクがそれに気付いたのは、朝、店の前を掃除しようと外へと出た時だった。

「っ!!　大変だ!!」

店の扉の前に――銀髪の少女が倒れていた。

「大丈夫ですか!?」

「ふあぁ……どうしたのアレク……朝っぱらから騒がしい……」

少女の側にしゃがむアレクにそう声を掛けながら、サンドラがとてとてと歩いてくる。

「……行き倒れ？」

少女を寝ぼけ眼でサンドラが不思議そうに見つめた。

「分からないけど……息をしていないいんだ！」

「死んでるの!?」

「とにかく中に運ぼう！」

アレクが少女を抱えて、店の中へと運び込む。しかし、やはり息をしている様子はなく、鼓動も感じられない。

「ねえやっぱりこの子、死んでいるんじゃない？」

「外傷は足以外に見当たらないけど……足は折れてそうだね」

アレクが、少女の折れた足と傷を見て、ようやく気付いた。

「あ……れ……？」

少女の、折れた両足の傷から――バネや歯車が覗いている。

「なに……これ」

サンドラもそれに気付き、近付いてクンクンと匂いを嗅いだ。

「油と鉄の匂い……アレク、これ……人間じゃない」

「ああ……これは人形だ」

アレクはそう気付いた瞬間に、鑑定眼を使った。

「――魔導人形……のようだけど……」

「魔導人形？　なにそれ」

サンドラの言葉にアレクは首を横に振った。鑑定眼は万能ではない。自分の知らない物については名称は分かるものの、それが何を意味するかまでは読めない。ゆえに、アレクは知識を増やすべく、色々な職業の人の話を聞いたり、書物を読んだりしているのだが――年のわりに豊富なアレクの知識の中には、魔導人形なる単語はなかった。

「でもそれよりも……もっと驚くことがあるよサンドラ」

「驚くこと？」

「この子には――魔石が埋め込まれている」

「えええええ!?」

「とにかく、運ぼう」

アレクは慎重に少女を店舗の奥にある作業台に乗せた。見た目だけで言えば、完璧に人間だ。着ている服も、どこかの貴族令嬢を思わせるようなワンピースドレスであり、かなりの上等品だが、あちこちが焦げたり、擦り切れたりしていた。アレクはその少女の身体に触れないように手を翳すと、魔力を込めていく。すると、少女の身体の上に――魔石が浮かび上がってくる。

「ほんとだ……これ、魔石だよ」

サンドラが驚きの声を上げる。

「うん、まさか王都に僕以外にも作れる人がいるなんて。でもこれ――」

少女の両手両足にそれぞれ一個ずつ魔石が埋め込まれていた。だが、何より――その少女の薄い胸と頭の上にそれぞれ、アレクがこれまで作ったことも見たこともないほど、大きい魔石が二つ浮かんでいた。

「凄い……こんな大きな魔石……初めて見た」

「ありえないわ。だってこんな大きさの魔石なんて作れるわけない！」

「うん。鑑定眼を使ってみよう」

アレクがそれぞれの魔石に鑑定眼を使っていく。

「――凄いや。見たことも聞いたこともない魔石ばかりだ」

「なになに!?」

「まず、右手の魔石。【マナブレイド】って名前だけど……なんだろうねこれ。左手は、【マナバレット】だし。マナってことは魔力に関係する何かだろうけど。で、両足には、【駆動強化】。多分、筋力強化に近い物だと思うけど……それより、この胸の魔石は【エレメンタルマナドライブ】で、それが何かさっぱり分からないし、頭のやつにいたっては【魔導型自律知能コアA・L・I・C・E】……だってさ」

「よく分からないことがよく分かったわ」

「同感だよ。でも、この魔石……凄く古い。修復を何度かした形跡があるけど、傷だらけな上に、ヒビが入っている。消耗し過ぎている」

「どうするの、アレク」

「修復してみよう。もしこの人形が魔石を動力としている、と仮定するならば……修復して魔力を注げば……また動くはず」

アレクは、そう言いながらも半ば自分の仮説が正しいことを確信していた。

「いきなり襲ってこない？」

「分からない」

だが、アレクは自分がこのままこの魔石に触れずにいることが、できるとは思えなかった。初めて出会った、自分と母親以外の者が作った魔石。動いているところが見たい。どういう効果なのかを見たい。その知的好奇心に、彼は抗えなかった。

アレクは慎重に、胸と頭の上にある二つの魔石へと魔力を込め、修復していく。それは徐々に輝きを取り戻していき――

「……ふう」

アレクが息を吐くと同時に、少女の中へと修復された魔石が沈んでいく。同時に、何か細かい機構が動き始める音が鳴り始め、魔力の流れが少女の身体を巡っていく。

「見て！　アレク！」

サンドラが指差す先。折れていた少女の両足が――ひとりでに修復され、傷口が塞がれていく。

「凄いな……どういう理屈だろ」

「っ!!　アレク！」

サンドラの声と共に――少女が目を開いた。そのガラス玉のような瞳に赤い光が灯る。

そして少女はバネ仕掛けのように上半身を持ち上げると、アレクの方をジッと見つめた。

「えっと……おはよう?」

そんなアレクの挨拶に、少女は無表情でこう答えたのだった。

「――初期化及び再起動完了。マナドライブ起動のマナパターンと一致を確認、登録完了。ご命令を――マスター」

＊＊＊

「――掃除完了。次の命令を」

「えっと……ちょっと休憩しよっか、ベル」

アレクが苦笑しながらそう言うと、ベルと呼ばれたメイド服を着た銀髪の少女が箒を仕舞い、お湯を沸かし始めた。

「マスターの好みは、紅茶を少し温めでミルクたっぷり。修正があればどうぞ」

「あたしはミルクだけね～」

「それでいいよ。ありがとうベル」

「かしこまりました」

アレクは、起動させてしまった少女型の人形の扱いに困った結果――未知の魔石の研究のためと言って、そのまま小間使いとして家に置くことにしたのだった。そして、背中に小さく刻まれてい

た――〝アリス式魔導自律人形ベルヌーイ七六五六τ型〟という刻印を見て、彼女をベルと名付けた。

ちなみにメイド服はなぜかこの店の二階にある住居のタンスに入っていた。おそらくは、レガードが住んでいた時のメイドが使っていたものだと思われるが……。

「魔石の作成と研究に没頭できるから便利だけど……」

ベルは極めて優秀だった。言えばなんでもやってくれるし、全ての作業が恐ろしく速く、そして精密だった。何より人形とは思えないほどその動きは滑らかで、淀みがない。

その技術力に、アレクは舌を巻く他なかった。

「持ち主が怒鳴り込んできても、あたし知らないからね」

「だよねえ……」

「現在、当機の所有権はマスターにあります。仮に前マスターが来たところで、当機のプライオリティはマスターがトップなのでご安心を」

そう言ってベルが紅茶の入ったカップをアレクに差し出し、サンドラ用の水飲み器に温めたミルクをたっぷりと注いだ。

「ははは……返せと言われたらどうしようか」

「即座に排除します」

「荒事はやめてね……」

「努力はします」

なんて会話していると――店の扉が開いた。

「邪魔するぜ」

そう言って入って来たのは、黒いロングコートを着た、まるで炎のような色の赤髪をなびかせる美女だった。

背が高くすらりとした体型のわりに、出るところが出ている女性らしいスタイル。アレクは大胆にはだけられた胸元から思わず、目を逸らしてしまう。つり目がちな大きな瞳は髪色と同じく赤く、顔には邪悪そうな笑みを浮かべていた。

アレクはなんとなく、セレスさんと真逆の人だ、という印象を抱いた。

「いらっしゃいませ。どういったご用件でしょうか？」

ベルが、接客モードでその赤毛の美女へと声を掛ける。

「くはは……おいおいおい……マジかよ。マジですか。傑作かよ」

するとその赤毛の美女が笑いだした。

「……？　言っていることが理解しかねますが」

「くくく……まさかまさか、起動のみならず、初期化までされちまってるとはな。あのお前がメイド服を着て接客なんて――何の冗談だ、〝ドレッドノート〟」

その瞬間――赤毛の美女から膨大な殺意が放たれ、店の中に溢れる。

「っ!!　マスター、逃げてください」

ベルが飛び退くと同時に臨戦態勢に入り、赤毛の美女へと構えた。静かに、【エレメンタルマナドライブ】の魔石を完全起動させ、周囲の大気から吸収したマナを炎属性の魔力へと変換し、右手に集中させる。

「めちゃくちゃマナの流れがスムーズだな。――性能が十……いや二十％は向上している。おい、そっちのガキ。お前がチューンしたのか？」

赤毛の美女が興味深そうにアレクへと視線を向けた。その凶悪な視線を受けて、アレクが口を開く。

「……それが何を示すかは分かりませんが、ベルの魔石を修復し、彼女を起動させたのは僕です」

「魔石……？　ああ、魔力珠をそう呼称しているのか……なるほどなるほど……ん？　お前まさか……魔力珠を売っているのか？」

赤毛の美女がショーケースに並ぶ魔石を見て、目を見開いた。すっかり殺気は無くなってしまっているが、ベルはいつでも動けるようにと構えている。

「へ？　あ、はい」

「……ははは。嘘だろ、お前。〝エンシャント・アーティファクト〟を作れるのか」

「えんしゃん……なに？」

サンドラがそう答えるなり、赤毛の美女がカウンターへと駆け寄った。そのあまりの速さに、ベルでさえも反応できなかったほどだ。

「――幻獣だ。幻獣がいるぞ。おいおい、なんで幻獣がこんな街外れのチンケな店の中にいるんだよ」

「な、ななな、何よ！」

びっくりしたサンドラがアレクの肩の上へと避難する。

「マジかよ……ここは神話の世界か？　幻獣を連れたアーティファクトメイカーが魔力珠を売っているなんて」

アレク達をジッと見つめる赤毛の美女に、二人はどうしたらいいか分からなかった。

「あの……貴女……なんですか」

思わずそう言ってしまったアレクに、赤毛の美女がニコリと笑った。犬歯が見え、それは笑顔というより、獲物を前にした獰猛な肉食獣を思わせた。

「いやあ……すまんすまん。久しぶりに取り乱したよ。というわけでオッス、あたしはディアナ、しがない冒険者だよ。よろしく、あー、お前、名前なんだっけ……まいっか、よろしくな！」

そう言って赤毛の美女──ディアナがアレクの手を無理矢理握って、上下にブンブンと振った。

「えっと……僕がアレクです。こっちがサンドラです」

「そうかそうか。アレクにサンドラか。ちと、色々話を聞かせてくれや。あー、その代わりにドレッドノートはお前にやるからさ」

その言葉に、アレクは確信したのだった。

「貴女がベルの……持ち主だったんですね」

＊＊＊

「え、Ｓ級冒険者!?」

「んあ？　別に大したことねえぞＳ級なんて。ま、あたしは凄いけどな！　がっはっは！　あ、コーヒーおかわりよろしく」

カウンターに座り、遠慮無く三杯目のコーヒーを催促するディアナに、アレクが苦笑する。

「でも、良いんですか。彼女は、ディアナさんの人形ですよね？」

甲斐甲斐しくコーヒーを入れるベルを見て、アレクがディアナに問う。

「構わねえよ。その代わりに、ちと提案があるんだが」

「提案？」

「あたしと大口契約を結ばないか？」

コーヒーを飲みながらディアナがニヤリと笑った。

「アレクは知らんかもしれねえが、あたしには〝紅百の機手《ハンドレッドレッド》〟っつー、二つ名が付いていてな。その名の通り、型は違うがこのドレッドノート……ああ、ベルだったか？　そう、このベルと同じような人形をあたしは――百体所持している」

「百体!?」

「かはは……九十九に減っちまったから二つ名が変わっちまうな！」

なぜか楽しそうにディアナが笑う。

「ま、そんなわけでそれだけ使っているんだが……なんせメンテと修復が大変でなあ。一応あたし

もある程度はできるんだが、ベルを見る限り、アレク、魔力珠……いやここはそっちに合わせて魔石と呼ぼうか。それを扱う宝石師として、お前はあたしよりも数段上だ」

「マスターは優秀です」

「あ、それ今あたしが言おうとしたのに！」

サンドラがセリフをベルに取られた！　と騒いでいる。

「いや……でも僕以外にも魔石を扱える人がいてびっくりです。この魔石は……ディアナさんが作ったわけではないのですよね？」

「ああ。ドレッドノートも魔石も……発掘品だ。あたしはそれを使えるように修繕、カスタムしただけだよ」

かつて……気が遠くなるほどの昔、人類は今より遥かに高い文明水準と技術を有していたという。ときおり、遺跡からその時代の遺物が発掘されるそうで、それを――太古の遺産を意味する〝エンシャント・アーティファクト〟と呼ぶそうだ。

そう、ディアナから説明を受けたアレクは納得した。なぜならベルは――今の時代の技術では再現不可能な機構と魔石を保有している人形だったからだ。

「つーわけで、百体もいると、もうメンテナンスだけでも大変なんだ。だから、そのメンテナンスと魔石の修復をお前に任せたい」

「なるほど……それで大口契約、というわけですね」

「その通り！　一体ずつ時間を置いてここに来させるから、メンテと修復頼むぜ。あとは魔石のカスタムもついでにお願いしたい。依頼によっては必須な魔石があるんだが、あたしの手持ちは少なくてな。メンテで行かす奴にあたしが希望する魔石を伝えておくから、それをレンタルとして付けておいてくれ」

「上手な使い方だと思いますよ」

「で、肝心な金だが……レンタル料込みで、一回につき——十万ゴルド出す」

「凄い!! アレク受けましょう!」

サンドラが金額を聞いて目を輝かせた。少なくとも、今後定期的に十万ゴルドが手に入る仕事だ。店的にはとてもありがたい話だ。

「良いのですか? 結構な金額になりますけど」

「商売道具だからな。ケチるところじゃねえ。なんならもっと出しても良いぜ?」

「いえ、十万ゴルドで結構ですよ。きっちり仕事させてもらいます」

そう言って、アレクが契約書を用意し始めた。その手に淀みはない。おそらくこういう契約が来ることを想定していたのだろうとディアナは推測する。

「くくく……良いねえ。将来が楽しみだ。ああ、そうだベルは正式にアレクに譲渡する。つーかあたしはそもそも、再起動はともかく初期化はできないからな。もうあたしの命令も聞かないだろうし返してもらっても困るってのが本音だ。店番でも何でもさせるといい。何より最高の防犯装置になるだろうさ。この店は否が応でも有名になるから、セキュリティは万全にしといて損はない。その点、ベルは完璧だ。そこらのA級冒険者にだって負けないぜ。ま、あの賞金首はちと例外だったが」

「ああ、賞金首を追っている冒険者ってディアナさんのことだったのですね。ベルがやられたのはそいつのせいだと」

「手負いの獣ってのは厄介でな。あたしも楽しようと昨日までドレッドノートに任せきりだったのが悪かった。あたしが出張ったらすぐに決着がついて、ついさっき牢屋にブチ込んでやったよ」

「なら安心ですね。では、こちらの書面を確認して、サインを」

「あいよ」

男っぽい口調に仕草だが、ディアナはそれに似合わず達筆で、書かれたサインはとても美しかった。

「うっし。じゃあ、また近々うちの人形寄こすからよろしくしてくれ。じゃあな！　コーヒーごちそうさん」

そうしてあっという間にディアナは去っていったのだった。

「なんか……台風みたいな人」

サンドラの独り言に、アレクは心の底から同意した。

こうしてアレクは、王都でも指折りの冒険者であるディアナのお抱え宝石師となったのだった。

その噂は瞬く間に広がり——冒険者と騎士達が連日、店にやってくるようになるのに、それほど時間は掛からなかった。

＊＊＊

「俺は【筋力強化】だ！」

「私は、この【マナ生成】にします。二週間レンタルのがお得なのね。だったらそうしますわ」

「えーっと、回復魔術が使えるようになる魔石があるって聞いたんですけど……」

アレクの店は、ディアナとの契約後、徐々に客が増えていき、今では連日、冒険者や騎士達が訪れる店になっていた。アレクはベルとサンドラの協力を得て、何とか店を回していたが――ついに、怖れていた事態に直面する。

閉店後、ベルが掃除をしている間にアレクは帳簿を付けていたが、売り上げはすこぶる順調だった。ほとんどがまだレンタルだが、ディアナとの契約のおかげでまとまったお金も入るようになり、安定し始めた。

しかし、問題がないわけではなかった。それは、店内を見れば一目瞭然だった。

「ずいぶんと……減ったわねえ」

サンドラが、隙間だらけになったショーケースに顔をくっつけてしみじみそう呟いた。

「んー、ここまで一気にレンタルのお客さんが増えると……在庫がね」

そう。レンタルの気軽さが逆に仇となり、魔石の在庫が一気に減ったのだ。もちろん、ある程度は想定していて、売れ筋の魔石については予備を作っていたのだが……。

「まさかこんなにお客さんが来るとはなあ」

それは嬉しい悲鳴だったが、そろそろ、客が希望する魔石が在庫切れを起こす可能性が出てきた。もしそうなると、その客がまた後日来てくれるかどうかは分からない。だが一度レンタルさえしてもらえれば、必ず返却しに店にやってくる。すると、違う魔石をまた試したくなり、またレンタルする――そういう流れをアレクは作りたかった。だが目当ての魔石がないと、それも起きなくなる。

それだけは何としても避けたかった。

「原材料がなあ」

そう。魔石の原料となる物が、この王都では中々手に入らないのだ。

「魔石の原材料とは、何なのでしょうかマスター」

ベルがそんなことを聞いてくるので、アレクが説明する。

「魔石の原材料となる物って一種類じゃなくてね。要するに魔力を秘めた物質だったらわりと何でもいいんだよ。一番代表的なのは、やっぱり魔物の核だろうね。強い魔物を倒すと、まれに体内から見つかるんだけど。これなんかは原料としては最適なんだ」

「理解。それでしたら、魔物を狩る冒険者や騎士達であれば、たくさん所有しているのでは？」

「それがね……魔物の核は他に使い道がないんだよ。せいぜい……魔術師用の杖の宝珠に使うぐらいなんだ。だから冒険者も騎士もわざわざそれを拾って持って帰ったりはしないのさ。大した金額で売れるわけでもないしね。それだったら牙とか角とか骨の方がよっぽど高く売れる」

「では、冒険者に核の収集を依頼するのは？」

冒険者とは、いわば民間人が気軽に使える武力、といった側面があり、国や街といった公的機関からの任務しか受けない騎士団と違い、気軽に依頼を出せるのだが……。

「依頼料が高いんだよ。特に魔物の核はそれ自体が中々手に入らないし、危険な魔物を倒す必要があるので、どうしても依頼料が上がってしまう。そうすると、魔石のレンタル料と値段を上げざるを得ないし、それはできればしたくないんだよねえ」

悩ましいところだ。一番手っ取り早いのは、おそらく複数の冒険者に魔物の核集めの依頼を出すことだろうが、それで赤字になっては意味がない。アレクは商売の難しさを改めて実感していた。

「魔物の核以外の原材料の候補は？」

「あとは、鉱石かな。大地に流れるマナの流れであるマナストリームの付近で産出される鉱石には時々、魔力が籠もった状態の物が採掘されるんだ。これらを全て〝ミスリル〟と称しているんだけど、これも魔石の原材料になる」

「ふああ……。ミスリルはミスリルで買おうと思うとべらぼうに高いのよねえ……なんせ武器や防具の素材として凄く人気だし」

サンドラがあくびをしながら、アレクの説明を補足する。ミスリル自体はおそらくルベウスに言えば仕入れることは可能だが、やはり原材料費が掛かりすぎる。

「あとは、世界樹になる果実とか……竜の卵の欠片とか……ゴーレムの魔導核とか」

「……どれも希少な物ですね」

「そうなんだよ。勇者達と一緒にいた時は、魔物を常に倒していたから、材料には困らなかったたんだけどね」

魔石を作ることだけを考えれば、あれは良い環境だったとアレクは思った。

「で、あれば……やはりご自身で集める他ないのでは？　その中であればミスリルを発掘するのが、一番危険性が少なく、かつ場所も特定しやすいかと」

ベルの言う通りだった。ミスリルの取れる地域は限定されている分、周知されている。逆に危険な魔物は当然それ相応に危険な場所にいることが多く、必ずいるとも限らない。その他の素材については、気軽に行ける場所にはない。

「そうなると店をしばらく閉めなきゃいけないけど……」

「最近、アレクはずっと店に籠もりっぱなしだから、丁度良い気分転換よ。資金も余裕があるし」

「そうだなあ。護衛もベルがいれば問題なさそうだしね」

本来なら冒険者を雇う必要があるが、ベルがいるなら大丈夫だろう。なんせS級冒険者であるディアナがその強さを保証してくれているのだ。

「よし、じゃあ明日からお店をしばらく閉めて、ミスリルを掘りにいこうか」

こうして翌日——魔石屋アレキサンドライトの扉の前にはこんな張り紙がされていた。

『魔石の原材料採取のため、一週間ほどお休みします。つきましては現在貸し出し中の魔石のレンタル期間を、無料で延長いたします。ご理解ご了承のほど、よろしくお願いします——店主』

六話【ミスリルを掘ろう】

ベリル王国南部――〝水晶林〟

王都から南へと伸びる〝交差街道〟を、採掘士や冒険者達を乗せた乗り合いの馬車が進んでいく。そして馬車の向かう先、丘を越えた向こうには幻想的な光景が広がっていた。

「アレク！　見て！　綺麗!!」

はしゃぐサンドラが指差す先には、白く透き通った林があった。一本一本の木が、水晶化しており陽光を反射して、キラキラと輝いている。

「あれが――水晶林ですか」

ベルが相変わらずのメイド服に、無表情な顔のまま、その白い森を見つめた。

「うん。あの林のある一帯は地下にマナが溜まっていてね。その影響で樹木まで水晶化しているんだ。さらに地表にもマナが結晶化したことによってできたクリスタル鉱床が露出していたりするから、ミスリルも比較的多く採れるんだよ」

「えっと……この場合は、ミスリル化したクリスタルを探すってこと？」

サンドラの言葉に、アレクが頷く。

「そうなるね。いくつか使えそうな魔石を持ってきたから、調査と探索は僕、護衛についてはベルに任せるよ」

「かしこまりました」

乗り合い馬車が水晶林の手前で止まると、そこはちょっとした集落になっていた。林へと続く道沿いに宿屋やアイテム屋、採掘士ギルドの支部などが軒を連ねている。

アレクはそこで降りると、大きく伸びをした。

「んー！　結構長かったね」

「五時間と二十三分、二十四秒掛かりました」

「あはは、ありがとう。さてと、まずは宿を探そうか」

アレクはサンドラを肩に乗せ、ベルを引き連れて数軒ある宿屋へと向かった。馬車にそのまま乗っていれば水晶林の奥まで行けるが、まずは宿の確保と、採掘士ギルドで採掘許可を取るのが先決だった。

通りを見渡せば、歩いているのは採掘依頼を受けたらしき冒険者や、採掘士がほとんどだ。ゆえに、妙な獣を肩に乗せ、メイドを連れているアレクは少々目立っていた。

「——おい、ガキンチョ」

そう言って、アレク達の前に立ち塞がったのは、二人組の男だった。

二人は冒険者のような格好をしており、禿頭の男はハンマーを、その隣の痩せた黒髪の男は剣をそれぞれ手に握っている。

「何か、ご用でしょうか」

アレクが笑顔で答える。静かに動こうとするベルを、手を挙げて制止する。

「……どこの貴族のガキか知らねえがな、物見遊山で来られたら迷惑なんだよ。悪いことは言わねえ、馬車に乗って引き返してママの乳でも吸ってな」

「きひひ……でないと……こわーい魔物に襲われても知らねえぞお？」

小馬鹿にしたような男達の態度にも、アレクは笑みを絶やさない。

「ご忠告感謝します。採掘が終わり次第、早急に帰還しますので、ご心配なく。それでは」

そう言って、ぺこりと頭を下げたアレクが通り過ぎようとすると――

「大人の言うことは素直に聞いとくもんだぜ!!」

禿頭の男がアレクの手を掴もうとするが、

「――戦闘行為と判断」

あっという間に禿頭の男へと接近したベルがその手を掴むと、そのまま地面へと捻じ伏せた。

「てめえ!!」

剣を振り上げた黒髪の男へと、ベルは左手を向ける。その手から、予《あらかじ》め左手に集中させていた火属性の魔力を弾丸の形にし、射出。

「へ？」

剣の刃が、ベルの魔弾によって砕け、澄んだ音を響かせた。

「――警告。更なる戦闘行為を行使する場合は、敵性存在と認定し排除します」

ベルの無機質な表情と声が、恐怖を煽る。黒髪の男はぺたんと尻餅をついた。

「痛ててて……放せ!! 折れる折れる！」

地面に組み伏せられた禿頭の男が苦悶の声を上げる。

「ベル――放してあげて」

「了解」

ベルが手を放し、立ち上がった。

「魔物程度なら、彼女が何とかしてくれるので……いらぬ心配でしたね」

そう言って、アレク達は立ち去っていく。

置いていかれた禿頭の男が、その背中を睨んでいた。

「あんのクソガキが……タダじゃおかねえぞ。くそ、手を貸せバーンズ」

禿頭の男の、怒りの声が響く。アレク達が見えなくなったのを確認して、黒髪の男――バーンズが情けない声を出した。

「やめようぜダン……あのメイド、ヤバいって」

バーンズの言葉に、禿頭の男――ダンが語気を荒らげた。

「うるせえ！ あんなガキにやられっぱなしでいいのか!?」

「良くねえけどよ……あれ、絶対暗殺者かなんかだって」

ダンがバーンズの手を借りて立ち上がると、大股で水晶林の中へと入っていく。

「ふん、暗殺者だか何だか知らねえが――アレには勝てねえよ」

「アレって……こないだ見付けたアレか？　おい、流石にそれはマズイんじゃ」

「うるせえ！　おい、その予備の剣を貸せ！　あいつら採掘士ギルドに立ち寄るから、その間に先回りするぞ！　きっと魔力探知を使うだろうし丁度良い……きっと騙されるさ」

二人が林の中を進んでいく。元々採掘士だった二人はこの辺りの地理を熟知しており、その歩みに迷いはない。

しばらく歩くとその先は窪地になっており、そこは先日、ダン達が見付けたばかりのクリスタルの鉱床だった。そこには手付かずのクリスタルが乱立しており、採掘士でなくても思わず歓喜の声を上げるほどの宝の山だ。

だからこそ――ダン達は知っている。なぜこんな林の入口近くにある鉱床が手付かずのまま残っているのかを。特に、その中心地にある巨大なクリスタルは不思議な輝きを放っており、間違いなくミスリル化したクリスタルであることが分かる。

「どうするんだよ」

「刺激する。アレはそう簡単には起きないからな。ちょっと刺激すれば、周囲を警戒するために魔力を放つ。するとどうなると思う？」

「マナ探知をしているガキ共が――反応するってことか！」

「素人っぽかったからな。くくく……ここを目の前にしたら我先にと掘り出すさ。あとはアレが勝手に始末してくれるのを見てれば良い」

「うっし！　やるか！」

男達が慎重に、そのクリスタルが乱立する窪地へと入っていく。
それが——命取りとなることも知らずに。

＊＊＊

水晶林の入口。

「じゃ、張り切っていこうか」

「了解」

「レッツゴー！」

採掘士ギルドでもらった採掘許可証を首に掛けたアレクが水晶林へと足を踏み入れた。その両手には、刃が妙に細く長い短剣が握られていた。

「マスター、それは？」

「これにはね、【マナ感知】の魔石を埋め込んでいるのさ。僕もある程度、マナや魔力の流れは見えるけど、流石に地面の下までは分からないからね。この魔石を埋め込むと、一定量のマナや魔力を感知した際に刃を震わせて知らせてくれるんだよ。さらに二本使えば、結構な範囲をカバーできて、採掘士の間では主流なやり方みたいだよ。ま、彼らは魔石ではなく探知魔術を使うようだけど」

「理解。つまり反応がある付近はマナ溜まりが地表近くまである——よってミスリル化したクリスタルがある可能性が高い」

「その通り！」

「宝石とかクリスタル探しならあたしも手伝えるよ！」

サンドラが、えっへんとアレクの肩の上で胸を張った。

「頼りにしてるよ、サンドラ」

サンドラは宝石獣《カーバンクル》と呼ばれる種族であり、特に宝石や鉱石類を探すことに関しては特殊な力を持っていた。

「むむむ〜、カーバンクルサーチ！」

サンドラの額の宝石から、不可視の魔力波が放たれた。それに反応して、周囲の水晶化した木々がまばゆい光を放つ。このように反応する物があれば、それは宝石やクリスタル、鉱石類の可能性であることが高いのだが――

「んー、この水晶化した草やら木やらにも反応して、あんまり役に立たないかも」

そんなサンドラの言葉を聞いて、アレクが二本の短剣に魔力を込め始めた。

「マナ探知によると――東の方に少し流れがありそうだ。そっちに行ってみよう。ベル、周囲の警戒よろしくね」

「かしこまりました」

そのままアレク達は水晶の木々の間を抜けていく。生えている草まで水晶化しており、パキパキと靴の裏で砕ける音と感触が心地好かった。アレクは時々、落ちている綺麗そうな水晶を拾ってはポーチへと入れていく。何かの研究に使えるかもしれない。踏んでも、一日も経てば土の中の魔力によってまた育つので、遠慮無く踏みしめて、進んでいく。

そうやってしばらく水晶林東部――〝クリスタル小径〟と呼ばれる道を進んでいると、

「ん、今、濃い魔力の反応があった」

アレクが、一瞬、大きく震えた二本の刃を見て声を上げた。

「あたしも感じた！　でも……なんか違うような」

「とにかく行ってみよう」

三人が向かった先には――窪地があり、クリスタルが乱立していた。

「凄い！　クリスタルばっかりだ！」

「あの中央の巨大なクリスタル……間違いない、ミスリルだ」

アレクが確信したように頷いた。思ったより早く見付けられて一安心する。

「あの量となると――当分困らなそうですね」

「運が良いね、あたし達！」

そんなやりとりをしながら、サンドラとベルが先に進もうとするので、アレクが手を挙げてそれを制止する。

「待って。おかしい」

「ふえ？　何が？」

「さっきの、魔力反応だけど、あの一瞬だけだったろ？　もしあれがあの巨大なクリスタルから発せられたとして、こんなに近くにいるのに、今、それが感じられないのがおかしい。確かにミスリル化したクリスタルの反応はあるけど……魔力の大きさからしてさっきのとは違う。それを考えると……さっきの魔力反応は――別と考えられる」

魔石と向き合ってきたアレクだからこそ分かる、魔力の質の違い。明らかにさっきの魔力反応と、目の前にあるミスリル化したクリスタルから放たれる反応が違う。それが妙に引っかかるのだ。

「マスター。スキャンしてみましたが、不自然なマナパターンを感知。何者かが我々が来る前に、この窪地に降りている形跡あり」

「……やっぱりか。何かの罠かもしれない、ここは止めてお――」

アレクは言葉の途中で、何かが反対側から窪地へと投げ込まれたのを見た。

「っ!!　みんな伏せて！」

そしてそれが、発破用の爆破魔術が込められた筒だと分かった瞬間に、サンドラに被さるように地面へと伏せた。

「――！」

ベルが同時に反応し、背中を窪地に向けアレクに覆い被さると――小規模な爆発が起こり、衝撃波と爆風が三人を襲った。

「――ガガガガ!!」

そして爆発と同時に、金属や石が擦れ合うような不快な音が響く。

「ベル！」

「損傷軽微。問題ありませんマスター。それよりも――」

「げえ！　あれってもしかして！」

サンドラがアレクの肩に登ると、それがよく見えた。

それは岩や土を材料に造られた、人を模した魔導生命体――ゴーレムだった。背中にはあの窪地の中央にあった巨大なクリスタルが剣山のように生えている。そのごつごつした顔らしき部分にある目のような発光部分がアレク達だけではなく、違う方向にも視線を注いでいた。

次の瞬間、ゴーレムが手を向けた先に水晶の弾丸を放った。それは何かに命中し、肉を潰したような音を響かせた。

「ギガガガガ!!　ハイジョ！　スベテハイジョスル!!」

「あれは――クリスタルゴーレムだ」

アレクが険しい声を出す。

クリスタルゴーレム――それは古の魔術師によって造られたゴーレムが、気の遠くなるような時間、マナにさらされたことで結晶化したものだ。冒険者ギルドが定めた討伐難易度は――Aランク。

つまりA級冒険者のパーティでないと倒せないということを意味する。

「完全に敵視されてるよアレク！」

「――戦闘モードへ移行。マスター、下がってください」

目を赤く光らせ、ベルが戦闘態勢に入る。

「ベル、右手を出して」

「――？」

ベルの右手をアレクが摑むと、ポーチの中からとある魔石を取り出し、ベルの手の中へと埋め込む。

「上手く使って！」

「――なるほど。了解」

ベルが地面を蹴った。クリスタルゴーレムがその接近を察知し、水晶の刃へと変化させた両手を振るう。その斬閃は周囲のクリスタルをいとも簡単に切り裂いていく。まともに食らえば、ベルでも真っ二つだろう。

「マナドライブ――完全起動。六十秒で終わらせます」

ベルの言葉を聞いていたアレクだったが、背後から気配を感じた。

「アレク！　後ろ！」

「っ！」

アレクはサンドラの警告と同時に、反射的に腰に差していた母の形見の短剣を抜く。

「ちっ！」

どこからか現れた禿頭の男――ダンの剣を、アレクは間一髪受け止め、たたらを踏んだ。

「やっぱり貴方ですか！」

「くそ、素直に罠に掛かればこんな手間もかからなかったのに！　俺らまであのゴーレムに見つかっちまった！」

ダン達の計画は、アレクに罠だと看破されたせいで崩れかけていた。そして短絡的に発破筒を投げ込んだ結果――クリスタルゴーレムに見付かり、敵視されてしまったのだ。結果、半端に顔を出していたバーンズはクリスタルゴーレムの放った水晶弾で頭が吹っ飛んだ。

「発破筒なんて投げるからですよ!!」

「うるせえ!!　こうなったら逃げ切るためにお前らを生け贄にするしかねえ!」

ダンは焦っていた。彼は過去の経験で、ゴーレムのしつこさをよく知っていた。おそらく、眠りを妨げた怒りを治めないと、どこまでも追いかけてくるだろう。だからアレク達を殺し、生け贄に捧げようと思い付いたのだ。ゴーレムは独自の論理思考によって動いている。イチかバチかだが、アレク達を殺して捧げれば、許してもらえるかもしれない。

「だから――死ね!!」

「っ!!」

禿頭の男の剣撃を何とか短剣で受けきるものの、アレクはそもそも戦闘訓練を最低限しか受けていない。やられるのは時間の問題だった。

「でも――やるしかない!!　サンドラ、手伝って!」

「分かった!」

「死ねえ!!」

ダンの剣を避けるようにアレクは大きくバックステップ。すぐ後ろで、ベルが戦っている。これ以上下がれば、危険だろう。

「サンドラ、僕の合図でサーチ、使える？」

「うん！」

アレクが短剣を腰の鞘に戻すとポーチから水晶の欠片を取り出し、もう片方の手には先ほどベルに埋め込んだ物と同じ魔石を握った。

「これで、最後だ!!」

大きく踏み込んだダンが剣をアレクへと振り下ろした。

「サンドラ！」

同時に、アレクが水晶の欠片を投げ——目を閉じた。

「とりゃ!!」

サンドラの額から不可視の魔力波が放たれた結果——水晶の欠片が反応しまばゆい光を放つ。

「ぐわあ！」

禿頭の男がその眩しさに思わず顔を逸らした結果、剣があらぬ方向へと落ち、地面へと刺さる。

同時にアレクは目を開けると地面を蹴って、隙だらけになったダンの鎧へと魔石を握る手を押し付けた。

「今回は特別に——無料で貸しますよ!!」

そう言って、アレクはそのままダンの横を通り過ぎた。

「ベル！　こっちだ！」

アレクの声と共に、ベルがクリスタルゴーレムの剣閃を躱しつつ大きくバックステップ。

そしてベルはなぜか動かないダンの横を通り過ぎた。

「な、何しやがった！　か、身体が重い！　動けねえ！」

そう叫び、動けないダンの背後に、クリスタルゴーレムが迫る。

「ベル――チャンスは一度。上手く使えるよね」

「マスター、お任せください」

クリスタルゴーレムが目の前にいる無防備なダンへと、無慈悲な視線を向けた。

「ま、待ってくれ!!　俺が悪かっ――ぎゃあああ」

クリスタルゴーレムの斬撃がダンの鎧を切り裂いた。同時に、ベルが地面を蹴って飛翔。よろけたダンの頭をさらに蹴って、加速。

「ぐえ」

頭を足場にされたせいで、ダンは気絶し地面へと倒れた。ベルはその勢いのまま、クリスタルゴーレムの頭部へと右手を叩き込む。

「【重化】――起動」

右手がクリスタルゴーレムに触れた瞬間に、ベルはアレクに仕込んでもらった魔石の効果を発動させた。それは、ダンの鎧にアレクが埋め込んだ魔石と同じ――【重化】という名が付けられた魔石だった。

効果はシンプルであり、埋め込んだ装備の重量を増加させる代わりに防御力を上げることができる。ダンは突然重くなった鎧のせいで動けなくなっていたのだ。だが、魔石の発動を任意に切り替えられるベルは、普段は発動させずにおいて、攻撃が当たる瞬間にだけ発動させることで——衝撃力を超強化していた。

ベルの人間離れした動きによる加速。それによって得た攻撃速度に、瞬間的に超重量が加わり——


「ガガッ——」


バガンッ！　という破砕音と共に、ベルの貫手が超硬度であるはずのクリスタルゴーレムの頭部を粉砕。さらにベルはクリスタルゴーレムの肩に乗ると、首から胴体の中へと手を突っ込み、ゴーレムの心臓とでも呼ぶべき部位である魔導核を掴むと——それを身体から引き千切った。

「——これ、魔石に使えますよね？」

ベルの言葉と共に、クリスタルゴーレムは完全に沈黙したのだった。

こうして、アレクは——トラブルはあったものの、大量のミスリルとゴーレムの魔導核という最高の素材を手に入れたのだった。

＊＊＊

その後、アレク達は見つけたクリスタルの窪地について、すぐさま採掘士ギルド支部へと報告し、ついで気絶していたダンを衛兵へと事情を話し、引き渡した。幸か不幸か、ダンは重化のおかげで鎧の防御力が強化されており、クリスタルゴーレムの一撃を食らっても死なずに済んだのだった。

そしてアレク達は再びクリスタルの窪地へと、採掘士ギルドの支部長と共にやってきた。

「ふふーん、凄いでしょう。あたし達が見付けたのよ」

「おいおい、マジじゃねえか」

クリスタルゴーレムの残骸を見て、支部長が驚きの声を上げる。

「……クリスタルゴーレムの身体と魔導核は僕らがもらいますが……流石にこれだけのクリスタルを独占するのはちょっと気が引けまして。ですので、周りのクリスタルについては半分を採掘士ギルドへと納めたいと思います」

「おいおい、本当に良いのかよ。これ、全部独占すれば、ちょっとした財産になるぞ？」

訝しげにそう支部長が聞いてくるので、アレクは笑顔で頷いた。

「はい。今日来たばかりの新参者がそれをしたら、いらぬ反感を買いそうですから」

それはアレクが熟考の末に出した結論だった。今後も水晶林で採取することを考えると、採掘士達とは仲良くしておきたいと思ったからだ。

「若いわりに、分かってるじゃねえか。認めたくないが、そういう輩が出てくるのは確かだ」

「その代わり――取り交わしたい契約がありまして」

アレクは急いで用意した書面を支部長へと手渡した。

「ふむふむ。まずは、取り分であるクリスタルと、クリスタルゴーレムの解体、そしてそれらの王都までの運搬、納品をうちでやれってか。まあ妥当だな。それと――ミスリル化したクリスタルの定期的な供給を希望するだと？」

「はい。定期的に王都の僕の店まで運んで欲しいのです。こちらが払う費用については、書かれている通りです」

「――相場よりかなり安いな。いくらここのクリスタルを半分もらったとしても、割に合わない」

難色を示す支部長だったが、アレクが説明を加える。

「ミスリル化したクリスタルであれば、武器や武具に使えないような小さく砕けてしまった破片でも構いません。そういった物は処分するか、土産物にして収集家に売るしか使い道はないはずですよね？」

「確かにそういうミスリルはあるが……そんなものどうするんだ？」

「ふふふ……秘密です」

「なるほど。ふむ……良いだろう。量についてはその時次第なので確約はできないが、欠片で良いのであれば、それなりの量は約束できると思う。それならば、この価格は妥当か。運搬費を差し引いてもうちに儲けが出る」

「そう思って設定しましたから」

そう涼しい顔でアレクは言うが、内心はドキドキしていた。実は密かに狙っていた取引だが、何か手土産がないとまず認められないと思っていた。だからこそ、このクリスタル鉱床を発見できたのは渡りに船だった。あの冒険者の一人が死んだのが心残りだが……あの場でどうしようもなかった。そんなアレクの内心を知ってか知らずか、支部長が目を細めてアレクを見つめた。

「あんた……何もんだ？」

「ただの宝石師ですよ――ちょっと扱っている商品が変わっているだけの」

そう言って、アレクは笑みを浮かべた。

「くはは……気に入った！　どうだ、あんたも採掘士にならないか⁉　あんたなら歓迎するぜ！」

そう言って支部長がバシンとアレクの小さな背中を叩いた。

「採掘士になるかは置いといて、僕の扱う商品で面白い物がありますよ。また準備ができましたらお話しします」

「あんた……根っからの商売人だな。じゃあ、ギルドに戻ったら正式に書面で契約を交わそう」

結果として――アレクは、魔石の原材料となるミスリルの安定供給元の確保に成功したのだった。

＊＊＊

王都北部――〝リュエン街道〟

王都へと向かう馬車が、うら寂しい街道を進んで行く。

オーガキングからの敗走後、散々な目にあったジェミニ達が乗るその馬車の中に会話はなかった。

「くそ……くそ……」

ジェミニは馬車が揺れるたびに傷の痛みに顔をしかめ、苛立ったような独り言を呟く。

馬車に乗っているのは、ボロボロになったジェミニとラース、そしてマリンだけだった。なけなしの金で馬車を貸し切りにしたのは、惨めな姿を他者に見せたくないからだろう。

「なんで……どうして……」

そればかり呟くジェミニに、苛立ったラースがついに声を上げた。

「ジェミニ、王都に帰ってどうするつもりです？　おめおめ、負けて帰ってきましたとでも報告するつもりですか」

それは賢者であるラースらしからぬ、棘のある言葉だった。既に精神安定の魔石は割れて効果を為《な》していない。ラースは狂いそうな精神を何とか抑えつけていたが、もう限界だった。

「ふざけるな！　俺は負けてない!!　俺は……俺は！」

「これが負けじゃなくて――何なのでしょう」

「アレクを追放したせいよ」

マリンが吐き捨てるようにそう呟いた。分かっている。原因は明白だ。

魔石に頼りすぎていて、かつその扱いを雑にし、あまつさえそれを管理していた人間を追放したのだ。ジェミニだけではない。それを良しとし、黙認したラースとそして自分にも責はある。

「遅かれ早かれこうなるのは必然だったのよ」

「ふざけんな！　俺はこんなこと聞いてないぞ！　あいつは効果が永続すると言った!!」

「だが……壊れないとは言っていなかった……ですよねマリン。ああ……もうダメだ終わりだ……おしまいだ……」

ラースが頭を抱えた。

「追放する直前に、アレクはメンテナンスについて言っていたのに、ジェミニ、貴方は聞く耳を持たずに剣を向けた」

「……俺が悪いってか」

「そうじゃない。悪いのは全員よ。だから、アレクを捜して……謝ってもう一度パーティに入ってもらいましょ。それしかないわ」

マリンはそこまで言って、ため息をついた。ジェミニが……プライドだけは一人前の彼が、その発言に対しどう反応するかは予想がついていた。

「――もう一度言ってみろマリン。俺があいつに、謝る？　ふざけんな！」

「何度でも言うわ。全員で頭下げて、アレクに戻って来てもらう。魔石を作り直してもらって、以降はちゃんと対等なメンバーとして扱う。ジェミニ、貴方アレクに払うはずの給与、横取りしていたでしょ」

「違う！　あれは……必要経費だ」

「……はっきりと言わせてもらうわ。もしアレクが戻って来ないのなら――パーティは解散よ」

そう言って、マリンは黙り込んだ。ラースはブツブツと独り言を馬車の幌に向かって呟いている。

ジェミニがいくら怒鳴ろうと剣を抜こうと、二人は何も変わらなかった。

「……くそ！　分かったよ！　アレクを連れてくれば良いんだろ!!」

ジェミニには、この二人をアレクのように追放できない理由があった。だからこそ、アレクを連れ戻すという絶対に認めたくないことを呑んだ。ゆえに――ジェミニの中で、アレクに対する見当違いな怒りと憎しみが蓄積していく。

あいつのせいで、俺はこんなに惨めな思いをする羽目になった。許せん……許せん!!

もしあいつが復帰を拒否するようなら——首輪と鎖を付けてでも引っ張ってきて、一生魔石を作って直すだけの奴隷として扱ってやる。

アレクに首輪と鎖を付ける暗い妄想をして、ジェミニはようやく笑顔を取り戻したのだった。ジェミニの視界に——王都が見えてきた。

七話【行き倒れエルフ】

「ふー、思ったより早く帰ってきたわね」

「一週間は掛かると思っていたからね」

アレクは採掘士ギルドで契約を結ぶと、そのまま王都に帰還した。我が家兼店舗である魔石屋に帰ろうと、いつもの路地を進んでいく。

「マスター、明日には店を再開しますか?」

「いや、持って帰ってきた分のミスリルで魔石の生成をやってしまうよ。在庫を復活させないとね」

なんて話していると店の看板が見えてきたのだが……店の前に何者かが倒れていた。

「……なんかデジャブが」

「前もこんなことがあったような」

「記憶データに該当なし、初期化前の出来事と判断します」

ベルがそんなことを言うので、アレクは肩に乗ったサンドラと顔を見合わせて小さく笑った。

「ディアナさんの人形だったりして」

「またー？」

そんなことを話していると、その倒れている人影がはっきりと見えてきた。

「……えっと。本当に少女が倒れているよ！」

「同型機ではありませんね」

サンドラとベルの言葉を聞きつつ、倒れている少女へとアレクが駆け寄る。

「大丈夫ですか!?」

「うー」

倒れていたのは緑色の、少し癖のある髪の毛の少女だった。だが、アレクの目を惹いたのは、その比較的短い髪の毛の間から覗く——二つの尖った耳だった。

「え、エルフ!?」

サンドラがアレクの脳内に浮かんだ言葉を代わりに叫んだ。

「なんでこんな街中に……」

「エルフ——近年まで亜人種に分類されていたが、十二年前に正式に人類として認められ、市民権及び自治権を得たとされる種族。主に大陸南部のリングアロー大森林を中心した森林地帯に住んでおり、排他的かつ攻撃的な種族のためか他種族との交流を避け、森の中で〝里〟と呼ばれるコミュニティを形成し、独自の文化、魔術および技術体系を今もなお継承している。草食かつ平和的で争いと肉食を好まないと誤解されているが、本来は狩猟民族であり、肉食である。血の気が多く荒々しい性格の戦士達が、対立種族であり、今もなお亜人種として分類される獣人族と血で血を洗う争いを繰り広げている。美男美女が多いが性格には難あり」

ベルがペラペラと説明をするのを聞き流し、アレクは少女の息を確かめた。というかベルの解説は最後辺り、なんか私感が凄く交じっているような気がしたアレクだった。

そのエルフの少女はベルの時と違って、息をしており、なぜかうーうー、と唸っていた。話し掛けても返事がないので、寝言なのか、もしくは喉か舌に障害があるかのどちらかだろう。

少女は見たこともない生地でできた、やたらと露出の多い独特の衣装を着ているが、幼い顔付きに相応しく起伏の乏しい体型のせいかアレクは何の感情も抱かず、その少女を見つめていた。鑑定眼を使わなくても、かなり上等な衣服だということが分かる。となると、ただのエルフではない。

「ハイエルフかもしれない」

「ハイエルフ――エルフの王族の総称で通常のエルフと生物学的違いはな――」

「ベル、運ぶの手伝って。店の前に放って置くわけにもいかないし」

「……了解です」

アレクは、説明を遮られて少しだけ不服そうなベルと共に少女を担ぎ上げると、店内へと運び込んだ。

「ふう……どうしたもんか」

アレクが回復魔術の魔石を使おうかどうか迷っていると――エルフの少女の目がパチリと開いた。

「――アレクとかいう奴はどこ!?」

少女の第一声がそれであり、アレクは嫌な予感しかしなかった。さらに畳みかけるように少女が口を開こうとした瞬間。ぐぅぅぅ……という盛大な、腹の鳴る音がエルフの少女から発せられた。

「腹が――減った」

そう言って、少女は再び気絶したのであった。

「帰ってきて早々厄介事だよ……」

アレクのぼやきに、サンドラもベルも頷く他なかった。

それから三十分後。

「美味もぐ……これも美味もご」

喋りながら食べるという器用な芸当をアレク達に見せ付けるそのエルフの少女はエスメラルダと名乗った。ベルが用意した食事をあっという間に平らげると、足りないと言いだし、結局アレクの分まで手を付けていた。

「ふう……やるわねあんたの召使い！　どう？　うちに来ない？　召使いごと雇ってあげるわ！」

「ええっと……遠慮しておきます」

「……あんた私が誰か分かってるの？」

そう言うとエスメラルダがビシッと、アレクへとその細く綺麗な人差し指を突きつけた。

「いいえ、全然。ハイエルフで、エスメラルダっていう名前であることしか分からないですね」

「そんだけ分かれば十分よ！　というかあれ……？　私、ハイエルフだって名乗ったっけ？」

エスメラルダが首を傾げた。

「王都にただのエルフが来るとは思えないですし、何より着ている服が上等です」

「ふーん、やるじゃない。よく分かったわね、その通りよ。ちょっと会いたい人がいてね、お友達のセラフィちゃんに会いに行くって名目で王都に来たのよ！　お忍びで来たから今頃、里も大騒ぎでしょうね！」

楽しそうにエスメラルダが笑うが、アレクは乾いた笑いしか出ない。なぜなら――

「セラフィちゃんって……まさか第一王女のセラフィ様のことではないですよね……？」

「この国に他にセラフィなんて名前の子いるの？」

第一王女のお友達。エルフの王族といわれるハイエルフ。アレクは嫌な予感が的中していることに、ため息をついた。

「ここに来ていることは？」

「当然誰も知らないわ!!　王宮も今頃てんやわんやになっているかも」

「わざわざお忍びで王都に来て、誰に会いに来たの？」

サンドラが不思議そうに、そうエスメラルダに聞くが、既にアレクは答えを知っていた。

「アレクって宝石師よ!!」

「うん……そうでしょうね」

店の前に倒れていたし、気絶する前に自分の名前を叫んでいた。それだけで十分なのだが……なぜ彼女は目の前にいる人物がそのアレクであると気付かないのだろうか。

アレクは凄く嫌そうに、口を開く。

「僕がアレクですよ」

それを聞いた途端、エスメラルダが椅子を蹴飛ばす勢いで立ち上がった。

「ななな……あんたがそうなの!?　ずいぶんとちっこいわね……レガードやセレスの話だとなんか凄い奴っぽいイメージだったのに」

「セレスさんに……レガードさん!?」

その意外な名前に、思わずアレクが声を出してしまう。

「なんせレガードに、あんたを頼れと言われたからね。というわけで、アレク、私の里を救いな――」

エスメラルダが言葉を言い切る前――気絶した。

「っ!!　ベル!」

そのままエスメラルダが後ろへと倒れるのを、ベルが素早く受け止めた。

「何が起こったの!?」

驚いて毛を逆立てていたサンドラが声を上げるも、アレクは首を横に振るしかない。

「分からない。なんでまた気絶したんだ……?」

「……マスター。彼女のマナの流れとパターンを計測していましたが――異常値を検出しました」

エスメラルダを抱えるベルが無表情でそんなことを言いだした。

「異常値?」

「はい。結論から言いますと、彼女は――生命維持のためのマナの消費が異常に多いのです。通常の人間ならば食事や呼吸によって得るマナで事足りるのですが……彼女の場合はそれによる摂取と消費のバランスが釣り合っておらず、結果としてマナ枯渇症が発症し、マナが急速に減った結果、気絶した――と推測されます」

「マナ枯渇症……」

数万人に一人の割合で発症すると言われるマナ枯渇症。それが発症すると、常に飢餓状態になり、少しでもマナの摂取――食事などを怠るとすぐに気絶し、最悪死に至るほど厄介な症状だ。

「なぜ……そんな子が僕を？」

「分かりませんが……いずれにせよ危険な状態です」

「ここで死んじゃったら……まずくない？」

サンドラの言葉に、アレクは冷や汗を搔く。

「いや、滅茶苦茶まずいよ」

王女の友人で、エルフの王族。どう考えても厄介事の予感しかない。

アレクが、どうしようか迷っていると――扉が勢いよく開いた。

「っ!!」

「――王国騎士団だ！　全員動くな!!」

扉から、騎士達が雪崩《なだ》れ込んでくる。

それを見たベルが戦闘モードに移行しようとするが、アレクが鋭い声を出す。

「みんな動かないで！　抵抗したらダメだ！」

サンドラは答える代わりにアレクの肩の上に乗ると、首にぺったりとくっついた。

「……了解」

ベルが渋々構えを解いて、両手を上げた。

「全員、王族拉致の容疑で捕縛する！　連れて行け！」

こうして、アレク達は王国騎士団によって捕らえられてしまった。

＊＊＊

王都――王城内、玉座。

「くくく……無様だなあ、勇者ジェミニ」

王冠を頭に載せ、豊かな髭を蓄えた壮年の男がそう言い放った。その前に、ジェミニとマリンが跪いていた。ラースは精神に異常をきたしたため、自宅で安静にしており、この場にはいない。

「申し訳ございません……陛下」

ジェミニが絞り出したような細い声を出した。その身体は微かに震えている。

「よりにもよって……〝魔石師〟を追放して、メンテナンスを怠り魔石を壊した結果、オーガキング如きに負けて帰ってくるとは。勇者ジェミニ、お前は何をしでかしたか分かっていないだろ？」

壮年の男――ベリル王国の国王であるデンドリック・アゲートが、なぜか愉快そうに笑みを浮かべた。

「魔石は……我が王家と〝末裔〟のみが使うことが許される秘匿技術。それをお前は金惜しさに手放し、野に放ったのだ。最近、とある王国騎士団が魔石によって急激に成長していてな。それだけならまだしも、一部の冒険者や、あの〝紅百の機手《ハンドレッド》〟すらも奴を利用し始めているようだ」

「ですが陛下……そんな重要な技術であることは……」

「かはは……伝えなかった俺が――悪いと？」

デンドリックがそれはそれは、楽しそうに笑った。ジェミニを信用し、そんな馬鹿なことはしないだろうと思い込んでいた自分が滑稽で仕方なかった。

「いえ……ですが」

「もはやこうなっては、魔石を秘匿するのは無理だ。監視はするが、自由にさせるつもりだ。我が王国に利がある限りはな」

「陛下、もう一度だけ俺にやらせてください、次こそは上手くやります！」

ジェミニがそう懇願するが――

「次？　ジェミニ。俺はあと何度お前にその〝次〟とやらを与えればいいんだ？　一回か？　十回か？　そうやってお前は何度失敗した？　最も優秀な魔術師であるラースを潰して、最高の聖職者であるマリンに愛想を尽かされたお前に何ができる」

「――あの宝石師を再び俺のものにします！　そうすれば今度こそ！」

顔を上げたジェミニの瞳の中にある濁った感情を見て、デンドリックはため息をついた。

結局、己の甘さが、回り回って火の粉となって自分に降りかかってきていることに、デンドリックは笑う他なかった。どこで間違えたのだろうか。そんなことを考えながらデンドリックが口を開いた。

「ジェミニ——我が息子よ。もしお前が、かの魔石師を説得し、再び魔神討伐の旅に出られるというのなら、最後の機会を与えよう」

「本当ですか!?」

「ああ……もちろん本気だとも。それで良いな、マリン」

そこで初めてマリンが口を開いた。

「アレクがいるのならば……ジェミニ様に同行いたします」

「だとよ、ジェミニ。せいぜい、頭を地面に擦り付けて泣いてわめいて、みっともなく説得することだな。話は以上だ」

退室していくジェミニとマリンを見て、デンドリックは魔石とそれを扱うあの少年の今後について想いを馳せる。

その顔には、諦めにも似た表情が浮かんでいた。

＊＊＊

王城内——王国騎士団、詰め所。

詰め所の中にある一室に、アレク達三人が軟禁されていた。

外から鍵が掛かっているその部屋は、来客用にしては無愛想な部屋ではあるが、先ほどまで牢屋に入れられていたアレク達からすれば、天国のような場所だ。既に拘束は解かれており、自由に歩ける。

そんな時に、その部屋の扉が開いた。慌てて入ってきたのは、青髪の女騎士だ。

その姿を見て、アレクが声を上げる。

「セレスさん！」

「アレク！　サンドラ！　無事だったか！」

セレスの第一声に、三人が答える。

「何とか……」

「怖かった！」

「問題なし」

元気そうなアレクとサンドラ、そして最近あの店で雇われたベルという名のメイド、それぞれが返事するのを見て、セレスは胸をなで下ろした。

「遅くなってすまなかった。誤解は解けたので、すぐに釈放するための手続きを行っている」

セレスは、アレク達が王国騎士団によって捕縛されたという噂を聞いて、血相を変えて飛び出してきたのだ。そしてすぐに直属の上司である〝蒼の獅子〟の騎士長に直談判して、事情を調査。そしてアレク達に非がないことを、エルフの王族であるエスメラルダから聞きだし、すぐにアレクの拘束を解くように要請したのだった。

「本当にすまなかった。私が、エスメラルダ様にアレクのことを話したばっかりに……こんなことに……」

セレスが床に手をついて謝ろうとするので、慌ててアレクがそれを止めた。

「セレスさんは悪くないですよ！　あの状況であれば仕方ありません。それよりエスメラルダ様は無事ですか？」

「ああ。ピンピンしているよ。本人も不思議がっていたし、何よりアレク達に会いたがっている」

「良かった……。でもなぜ……」

アレクは、なぜマナ枯渇症を発症したはずのエスメラルダが今は元気なのか不思議だった。

「マスター。この城は……どういうわけか、大気中のマナ濃度がかなり高いです。おそらくここであれば発症しづらいのではないかと推測できます。おそらくエルフの里も街中と比べればマナ濃度が濃いのでしょう」

「なるほど……初めてマナ濃度の薄い街に出てきたばっかりに、発症してしまったのか」

「あくまで推測ですが……」

「——何の話だ？」

セレスが話に付いていけず、不思議そうな顔をしている。

「まあいい。とにかく、今からアレク達はエスメラルダ様の知人という扱いになる。王宮内では気負いなく過ごしてくれ。私もアレク達に付いてまわるから、問題も起きないだろう」

「ありがとうございます。とにかく、まずはエスメラルダ……様に会わないとですね」

「ああ、今から向かおう」

こうして、アレクは貴重な投獄経験をしたのちに、平民であればまず入ることが叶わない王宮へと初めて足を踏み入れたのだった。

セレスの案内で、アレク達が豪奢な造りの建物――迎賓館を進んでいく。

「あ、アレク！　迷惑掛けたわね」

セレスが開けた扉の先、贅沢な調度品に囲まれた部屋の中で、寛いでいたエスメラルダがそう言って軽く手を挙げた。

部屋の中へと入るとセレスが頭を下げる。

「エスメラルダ様。アレク達を連れて参りました」

「ご苦労さん！　まあ座んなさいよ」

手招きするエスメラルダに言われるがままに、彼女が座るソファの前にアレクが座った。ベルとセレスはその後ろに立ったままだ。サンドラはいつものようにアレクの肩の上にいて、キョロキョロと物珍しそうに部屋の中を見回していた。

「改めて……ごめんなさいね、アレク。私のせいで酷い目にあわせてしまって。まさか街中があんなにマナ濃度薄いとは思わなかったの。自然がある場所だと平気なのだけど」

そう言って、エスメラルダが頭を下げた。エルフが、しかも王族であるハイエルフが他種族に頭を下げることは滅多にないことだということをアレクは知っていた。

「あ、いえ！　すぐに拘束も解かれたので！」

「でも、迷惑を掛けたわ。セラフィちゃんに凄く怒られたのよ……王族の勝手な行動で割を食うのはいつだって無辜の市民だって」

「いえ……それよりも、僕にどういう用事があったのですか？　レガードさんの紹介と確か言っていましたけど」

「そうなのよ。実は里が大変でさ。で、たまたま客人として里に来ていたレガードが、王都のアレクという宝石師ならば解決できると言ってたのよ。だからいてもたってもいられずに、来たわけ。で、ここでたまたまセレスから、アレクの話を聞いて、すぐに会いに行ったわけよ」

「なるほど……」

とにかく、彼女は即断即決で行動力の塊であることは分かった。王族ならもう少し慎重に動いて欲しいと思ったアレクだった。

「とにかく、一度、里に来て欲しいのよ。口で説明しても分からないでしょうし」

「それは……レガードさんの紹介ならもちろん協力したいのですが、里に行くとなると長期間お店を閉めなくてはなりません。それにには、準備が要りますし、お客さんへその旨を伝えないといけません」

一週間ぐらいならまだしも、エルフの里となると、おそらくかなりの長旅になる。レンタルの返却や、まだ人数は少ないものの、魔石購入者のための定期メンテナンスのことを考えると、すぐに飛び出すわけにはいかなかった。

「あんまり悠長なことは言っていられないのが本音なのだけど」

不服そうにするエスメラルダを見て、アレクが口を開こうとすると――

「――ダメですよ、エスメラルダ。ワガママを言ってはいけません。」

そう言って、一人の少女が静かに部屋に入ってきた。薄い金色の髪の下には人形のように整った顔があり、ゆったりとした服を着ていた。何よりその瞳は宝石のように透き通った緑色で、アレクはその瞳から目を離せなかった。

セレスとはまた違った方向性で――美しい人だ、とアレクは素直に思った。

「こんにちは、セレス様。それに――アレク様。初めましてですね……私はセラフィ・アゲート。この王国の第一王女で……貴方のことはセレスからよく聞いていますわ」

そう言って、セラフィはアレクへと微笑んだのだった。

「初めまして、セラフィ王女……お耳に入ったのが悪い噂でないと良いですが」

アレクはソファから立ち上がり、頭を下げながら、セラフィ王女に対してそう返した。

セラフィはエスメラルダの隣に座ると、優雅に微笑んだ。

「アレク様、座ってください。ふふふ……もちろん、良い噂ですわ。私の直下の騎士団である〝蒼の獅子〟の騎士達がここに来て急成長したのも全て貴方のおかげだと思っています」

「……僕は、ただ仕事をしただけですよ」

「でしょうね。ふふふ……素敵です」

嬉しそうに微笑むセラフィを見て、アレクはもうどうしたら良いか、正直分からなかった。ただですら、よく分からない状況なのに、第一王女まで出てくるとなると、もう許容範囲を超えていた。

「エスメラルダ。アレク様にも時間は必要です。準備が整い次第、里に向かわれるということでよろしいのでは？」

「……分かったわよ。でもなるべく早くね！　こっちも死活問題なんだから」

そんな二人の王女のやりとりを見て、アレクが控えめに声を出した。

「えっと……ちなみに里ではどういう問題が起こっているのです？　それによって僕の準備も変わりますし」

「……霊樹が死にそうなの。それに伴って、民がみんな私と同じ症状を起こしかけていてね。それを解決するには……最高の宝石師でないと無理だとレガードは言ったわ」

「霊樹が死にそう……ですか」

それに、どう自分が関わってくるかピンとこないアレクだったが、おそらく魔石に何かしら関連しているのだろうということは分かった。

「だから、悠長なことは言ってられないの。あんまり長いことは——待てないわ」

「……分かりました。できる限り早く向かいます」

「ありがとうね。お礼は必ずするから」

「気にしないでください。レガードさんは僕の恩人です。彼の紹介なら無償で動きますよ」

アレクがニコリと笑ってそう言うが、エスメラルダが首を横にふるふると振った。

「ダメよ。商人相手にそういうことするとと後々めんどくさいのはもう経験済みよ。ちゃんと働いてくれた分の対価は払うわよ。休業した分の補償もね」

「それは……ありがたいですが……」

「遠慮無く受け取ってください、アレク様。私がそうせよとエスメラルダに言ったのですから」

にこやかに笑うセラフィにそう言われてしまうと、何も言えないアレクだった。

「では……早急に準備いたします」

「お願いするわよ！　そういえばセラフィ、良いの？　こんなところで油を売ってて。お兄さんが久々に帰ってきているのでしょ？」

アレクはその話を聞いて訝しんだ。セラフィ王女の兄と言えば……第一王子のユーファ王子のことだろう。だが、かの王子は王都でも有名人であり、その噂が絶える日はないと言われるほどだ。そんな王子がどこかに遠征に行ったという話は聞いたことがないし、久々に帰還したという話は妙だ。

「……あんな男は兄でも何でもありませんわ。冒険者ごっこをしているだけの……ロクデナシです。父に与えられた大事な宝石をなくしたとか言って、帰ってきたそうです。情けないですわ」

話が読めないアレクだったが、深入りしない方が良いことぐらいは分かっていた。

「ええっと……僕は店に帰って色々な準備がありますので」

そう控えめにアレクは言ったが、セラフィもエスメラルダも、とんでもないとばかりの表情を浮かべた。

「――これから食事をして、色々とお話をお聞かせください、アレク様。私――宝石には目がなくて。実はアレク様に、お願いがあるのです」

そう言って、微笑むセラフィにアレクは頷く他なかった。

その後、アレクとサンドラは二人の王女の話し相手を散々させられたのであった。

＊＊＊

一方その頃。

王都――魔石屋アレキサンドライト前。

「くそ……いねえじゃねえか!!　あのクソが!!」

ジェミニが明らかに閉店している、魔石屋アレキサンドライトの前で悪態をついていた。魔石を使っているらしき騎士を脅してようやく手に入れた情報で、この場所を摑んだのに、肝心のアレクはいなかった。腹立たしい張り紙がされており、ジェミニは思わず貼られていたそれを剝がして破ってしまう。

なぜ、あんなガキのために俺がこんな苦労しなければいけないのか。そんな理不尽な怒りがジェミニを支配していた。だからこそ、彼は第三者が歩み寄ってきていることに気付かなかった。

「――あんた、その店は明日まで閉店だぜ。用があるなら明後日来たらいい」

そんなジェミニに赤髪の男が話しかけた。

「誰だてめえ」

「この先にある金物屋兼鍛冶屋をやっているルベウスってもんだ。その店の店主とは知り合いでね。今、そこの店主は原材料採取のために留守にしてるんだ」

「そいつはいつ戻ってくる、答えろ」

「あん？　だから明後日だって言っているだろ？　なんか用件あるなら聞いておくが？」

そう親切心で聞いたルベウスだったが、返事の代わりにジェミニは睨み付けるだけだった。

「――余計なお世話だ、平民。失せろ」

そう吐き捨てて、ジェミニは立ち去っていった。

「……なんだあいつ。感じ悪いな」

ルベウスは、破り捨てられた張り紙と、ジェミニのただならぬ様子に、何となく嫌な予感がしたのだった。

八話【勇者来襲】

結局丸々四日間、王宮に滞在することになったアレクはようやく店に戻ってこられた。

ベルが掃除を始め、アレクは早速、魔石作成を始めた。

「エルフの里に行くことを考えると……多めに作らないと。それに——」

アレクは、魔石を錬成しながら、セラフィ王女直々の注文を思い出してため息をついた。

『効果は問いません。最も美しい魔石を作ってください。それとそれに相応しい言葉も』

というセラフィ王女の言葉が重くアレクの両肩にのしかかっていた。

「美しいってなんだろ……しかも相応しい言葉って……」

「うーん。私は、透明な奴が綺麗だと思うけど」

「困ったなあ……まあ、期限は決められていないからすぐにってことはないだろうけど……」

だが、エスメラルダの要請やセラフィの依頼についても、アレクとしては全力で応えたいと思っていた。宝石師にとって、一番のお得意様はやはり王族や貴族なのだ。まさかこんなに早く繋がりができるとは思わなかっただけに、この機会を逃したくないアレクだった。

「ベル、明日は久しぶりに店を開けるけど、新規のお客さんについてはよほどでない限り今回は断ろう。しばらくアフターケアができないしね」

「かしこまりました」

ベルが頷くと同時、店の扉が開いた。

「よお、アレク」

「あ、ルベウスさん！」

入ってきたのはルベウスだった。

「ちと、気になることがあってな。明日開店するんだろ？」

「そのつもりですが……」

「実は昨日な——」

もし、昨日、ジェミニがルベウスと出会わなければ。

会っていたとして、愛想良くとまではいかなくとも普通の対応をしていれば——未来は変わっていたかもしれない。だが結果としてジェミニは明後日にはアレクがいるという情報を得て、同時にアレクと親しいルベウスにその日に怪しい奴が来るかもしれないという危惧を抱かせてしまった。

この時点で——ジェミニの未来は決定してしまったのだった。


そして、運命の日がやってくる。

翌日の、魔石屋アレキサンドライト——一週間ぶりの開店日。

「ふー。流石に疲れた」

一週間ぶりの再開とあり、いつも以上の客入りに流石のアレクも、接客を手伝っていたサンドラも疲れ切っていた。

夕刻になり、ようやく客足も途絶えた。

「しっかりと説明もしたし、これで一ヶ月ぐらいは閉められそうね」

サンドラの言葉に、アレクは頷いた。

「ふむ……しかし、結局何ごともなかったな」

椅子に座って、紅茶を飲んでいたセレスの言葉にアレクが頭を下げた。

「すみません……わざわざ来ていただいたのに」

「構わんよ。どうせメンテナンスをしてもらうつもりだったからな。気にすることはない」

「何ごとも無くて良かっ――あ、いらっしゃいませ」

言葉の途中で店の扉が開いて、アレクがそちらへと視線を向けると――そこには十字架を模した槍を背負った青年が立っていた。

「ま、間に合った!?」

「……大丈夫ですよ、ヘリオさん。メンテナンスですよね？」

「そう！　しばらく閉めるって話を聞いて、慌てて勤務終わりに来たんだよ」

「ご苦労だ、ヘリオ」

そんなヘリオにセレスが労いの声を掛けた。

「せ、セレスさん！　いたんですか！」

「ああ。私も魔石のメンテナンスにな」

「なるほど……じゃあアレク、お願いするよ」

そういってヘリオが槍をアレクへと手渡した。

「はい！　すぐに終わりますよ。ヘリオさんもちゃんと毎日メンテナンスしてくれているおかげで修復作業が楽です」

アレクはすぐさま、ヘリオの魔石武器の修復に取りかかった。思った通り、すぐに修復が終わりそれをカウンターの上へと置いた時――再び店の扉が開いた。

「――いるんだろ、アレク、アレク！」

アレクがその声でびくりと身体を震わせた。

入口に立っていたのは、憔悴した様子の――ジェミニだった。

「アレク。話がある」

ジェミニが店の中に入ってくるが、既に剣を抜いていた。

それを見て、セレスとヘリオが目を細め、武器へと手を伸ばす。ベルはゆっくりと魔力を集中させた左手をジェミニへと向けた。

しかしアレクが、全員に聞こえるようにあえて普段より大きな声でこう言った。

「店内は抜刀禁止ですよ。久しぶりですね、ジェミニさん」

アレクの言葉で、セレスとヘリオ、そしてベルが動きを止めた。

だが、三人はいつでも動けるように身構えている。

「誰に物言っているんだ、アレク。お前のせいで俺は……俺はなあ!!」

「……ジェミニさん、話なら外でしましょう」

アレクの冷静な物言いに苛立つジェミニだったが、ただならぬ殺気を放っているセレス達を見て、何とか理性を保った。

「さっさと来い!!」

そう言ってジェミニが怒鳴り、外へと出て行く。アレクがサンドラを肩に乗せて外へと出ようとすると、ベル、セレスとヘリオが動いた。

だが、アレクは首を横に振る。

「——大丈夫ですよ。でも何かあれば、お願いします」

アレクのその言葉を聞いて、三人が頷いた。

路地に出ると既に日は傾いており、空には月が浮かんでいた。

店の前で——二人が対峙する。

「王都に……帰還されていたんですね」

「黙れ。お前と話す気はない」

「僕もありませんよ。何の用ですか?」

「——俺の下に戻れ。今なら許してやる」

その尊大な物言いに、アレクは思わず笑ってしまった。かつての面影も迫力も、微塵も感じられないジェミニを、怖いと思っていた過去の自分が馬鹿らしいとさえアレクは思った。

「今は、こうして小さいながらお店をやっていまして。残念ながら貴方の下には戻れません」

「――もう一度だけ聞くぞ。今なら許す。すぐに俺の下に戻れ!!」

アレクは、路地の周囲を見渡した。その視線は路地の左右にある建物の屋根にまで向けられていた。

「嫌です。大体の事情は、セラフィ様から聞きましたよ――ジェミニ王子」

「っ!! 貴様!!」

アレクは、ただ王女達の話し相手をさせられていただけではなかった。巧みに話を誘導し、疑問に思っていたセラフィの兄の存在について聞きだしていたのだ。

「ジェミニさんが、ユーファ王子の双子の弟とは知りませんでした」

そう。この国の王子は――二人いた。だが、双子の王子の弟であるジェミニはその存在を完全に秘匿されていた。その理由は定かではないが、いずれにしろ、ジェミニの存在が公にされていなかった時点で、あまり恵まれた立場ではなかったことが分かる。なぜ彼が突如、遥か昔の英雄である、勇者という名を冠することになり、存在すらもあやふやな魔神の討伐という何とも抽象的な旅に出ることになったのか。その真相は多分、国王であるデンドリック・アゲートしか知らないだろう。

「殺す！　俺の秘密を知ったお前は絶対に殺す!!」

激昂したジェミニが剣をアレクへと向けた。

もういい。殺そう。後のことなんて知るか。ジェミニは既に、正常な判断ができない精神状態だった。

「剣を下ろしてくださいジェミニさん。もう貴方に勝ち目はありません」

しかしその言葉は火に油を注ぐ行為でしかなかった。

「お前が！……俺に！　指図するなああ!!」

ジェミニがそう叫んで、駆け出そうとした瞬間。

「おーおーおー。しばらく休むから今日来てくれと頼まれて、大事な商売道具一ヶ月分持って来てみれば――なんだこの状況は？」

路地の先から、赤い髪をなびかせた美女が現れた。

「誰だてめえ!!」

ジェミニは剣をその美女に向けて、ようやくその存在に気付いた。

「――お前は……〝紅百の機手《ハンドレッド》〟か！」

その隙に店からセリスとヘリオ、そしてベルが飛び出してきて、アレクの周囲を固めた。

その様子を見て、赤毛の美女――ディアナが大笑いする。

「あははは！　あたしのことを知っていて……かつ、お前が、殺すとか言うそのガキンチョは、〝空斬り〟と〝不死狩り〟とついでにドレッドノート……じゃなかったベルに守られている。お前さ、気付いてないかもしれないが――詰んでるぞ」

その言葉に、ジェミニが視線をさまよわせた。

「黙れ！　てめえ一人で何ができる！　お前から先に殺すぞ！」

ジェミニが吼えるが――

「誰を一人だって？　さっきも言ったろ？　商売道具一ヶ月分のメンテナンスをしに来たって」

そのディアナの言葉と共に、路地の左右の屋根の上に――十数体のベルとよく似た雰囲気の少女達が現れた。

「っ!!　あれは……」

「あたしの可愛い人形ちゃんだよ。お前よりよっぽど強いぜ、雑魚勇者、いや元勇者か。かはは、格好悪いにも程があるな。あたしなら恥ずかしくて王宮から出られないぜ」

「貴様あああああ!!」

アレクから気を逸らせようと、分かりやすく挑発したディアナに、その思惑通り逆上したジェミニが、剣を向けて突撃した。

人形遣いならば――操る本体は弱いに違いない。そういう目算もジェミニにはあったのだろう。だが彼は知らなかった。ディアナが人形を使い始めたのは――S級冒険者になってからだという事実を。

「あああああ!!　死ねええクソ女があああああ――え？」

ジェミニが走ると同時に、複数の銀閃が舞う。気付けば彼の剣とその右手に、無数の細かい線が刻まれていた。

「人形遣いに安易に近付くのは――自殺行為だぜ？　せっかくだから覚えておけ……クソガキ」

そう言って、ディアナは左右の手から伸びた十本の銀のワイヤーを手元に戻した。

同時に、ジェミニの剣と右腕があっけなく切断される。

「あぎゃあああ!!」

右腕を押さえ、叫ぶジェミニ。

「あー、冒険者法のなんちゃらに従って、これは正当な防衛として認められるやつだな。うん、悪気はなかったから、あたし無罪」

ディアナの心にもないセリフが——路地に響いたのだった。

「くそ……くそ!! 覚えてろよ!! お前ら全員殺してやる!!」

ジェミニが右腕を押さえながら、路地から去って行く。

「アレク、殺しておかなくていいのか? あいつ馬鹿だからきっとまた殴り込んでくるぞ」

その背を見ながらディアナがそうアレクに声を掛けるが、アレクは力無く首を横に振った。

「放っておきましょう。あの怪我ではもう、何もできない」

「さよか。まあお前がそう言うのなら良いさ。どうせ……あいつの先も長くない」

ディアナが、しみじみそう呟いたのだった。

＊＊＊

「くそ! くそ! なんで邪魔をする! なんで俺ではなくアイツの味方をする!!」

激痛が走る右腕を押さえ、暗い路地裏をジェミニがヨタヨタと歩いて行く。肉親であるはずの父も、妹も、そしてマリンも、全員がアレクを認め、自分を認めない。

「なんでなんだよ……くそ！」

全ては自分の傲慢さゆえの結果だと、ジェミニは気付いていない。そして、既に彼は父から与えられた最後の機会を失っていた。

そしてそれは——本当の意味で、最後だった。

「……なんだお前ら！」

ジェミニを挟むように——黒い影が現れた。それは闇よりも黒い衣装を着た、異様な雰囲気を纏った男達だった。全員が狼を模した黒い仮面を被っており、手には黒塗りの短剣が握られている。

「お、お前ら、まさか……」

ジェミニは、その姿を見て、王宮内でまことしやかに囁かれている、とある噂話を思い出した。

曰く、王は誰にも知られていない暗殺部隊を有しており、アゲート王家に仇なす輩を密かに闇で始末している。

曰く、その暗殺部隊は狼の仮面を被っており全身黒ずくめで、その暗殺の腕前は一流。狙われたら最後、死ぬまで追い掛けてくる。——ゆえにその部隊は〝黒狼〟と呼ばれ、恐れられている。

「う、嘘だ……あれはただの噂話で、実在しないはずだ！　それに父が俺を殺すわ——」

ジェミニのその言葉の途中で、その胸から黒塗りの短剣が複数本突き出ていた。

「くそ……なんで俺だけ……くそ……」

ジェミニの目から光が消えたと同時に、男達がその身体を担ぎ、闇へと消えていった。

こうして、アレクの知らないところで――王子であり、勇者であったジェミニはこの世を去ったのだった。

＊＊＊

王都、王宮内――〝緑柱宮〟

そこはアゲート王家が代々住んできた館であり、王族付きの召使いと騎士以外は何人たりとも入ることが許されない場所だ。そんな館の応接間に、一人の青年と美しい少女が向かい合わせに座っていた。それぞれの背後にメイドが付いており甲斐甲斐しくそれぞれの主人の世話をしている。

「あーあ。俺も見たかったなあ……あいつが死ぬところ。良いツマミになっただろうに」

青年――今は亡きジェミニと瓜二つの顔をしている彼の名は――ユーファ。この国の第一王子であり、良い意味でも悪い意味でも、その名を知らない国民がいないほどの存在感を持っていた。

同じ顔を持っていたジェミニとの相違点があるとすればそこだろう。

「……お兄様は相変わらず趣味が悪いですわ。実の兄弟をそんな風に」

そう言って静かに紅茶を飲んでいたのは、第一王女のセラフィだった。ユーファの妹であり、彼女もまたその美貌と柔らかい物腰のおかげで国内外問わず人気だった。そして最近活躍が目覚ましい彼女直下の王国騎士団、〝蒼の獅子〟のおかげでその人気はさらに上がっていた。

「兄弟？　俺の兄妹は昔からセラフィ、お前一人だけだ。アレは弟ですらない……ただの影で、ゴミだ。まあ、ようやく二人っきりになったのだから仲良くしようぜ」

そう言ってユーファが身を乗り出し、セラフィの顎を掴むと、自分の顔へと引き寄せた。

「……触らないでいただけます？」

その手を払って、セラフィが冷たい視線を送る。

「くくく……俺をそうやって邪険に扱うのはお前と親父ぐらいだよ。だからこそ面白い」

ユーファがソファに座り直すと、空いた酒杯を掲げた。すかさずメイドが赤い葡萄酒を注ぐ。

「セラフィお前、親父がジェミニに与えた玩具にご執心らしいな」

「あら、何のことでしょうか」

「とぼけるなよ。今は、エルフの里に行っているんだろ？」

「……エスメラルダのワガママに振り回されているだけですわ」

「エルフか……あいつらって馬鹿過ぎて俺とは肌が合わん。まあいい……あの親父が珍しく、王家以外の者を気に掛けているし、人を人と見ていないお前が執心するぐらいだ、きっと面白い奴なんだろう」

ユーファが口元からこぼれた葡萄酒の赤い滴を手の甲で拭った。その粗野な仕草に、しかし女性達は魅了されるそうだ。セラフィには理解できない感情だ。

「そんなことはありませんわ。せいぜい路傍の石程度でしょう」

「なら、俺がもらっても良いよな？」

「……お好きに。私が止めろと言ったら、余計にやる気を出すでしょ、お兄様は」

「よく分かっているじゃねえか」

肉食獣のような笑みを浮かべるユーファを見て、セラフィはため息をついた。

昔からこの兄はそうなのだ。自分の方がもっと価値のある物を持っているくせに――人の物を欲しがる癖があった。

「人の玩具はよ――奪って壊す時が、一番楽しいんだよ」

その言葉に、セラフィは眉をピクリと動かした。一体これまでに、私とあの憐れな兄はどれだけの物を奪われ、壊されてきただろうか。

「――お好きになさってくださいね。私はそろそろ寝ますわ。お兄様もお酒はほどほどに」

「母親みたいなことを言うんじゃねえよ」

ユーファが鬱陶しそうに手を払うのを見て、セラフィは自室へと戻ることにした。脳裏によぎるのは、あの人の好さそうな顔をしながら、計算高い面を持つ少年のことだった。

「奪われず、壊されない……そんな人こそ――私の伴侶たりえますわ」

そう小さく呟いたセラフィが美しい笑みを浮かべ、去っていった。そして一人残されたユーファはゆっくりと葡萄酒を飲み干すと酒杯をメイドへと投げた。

「――予定通り、あいつらを送ったか？」

「……はい。それに、もうまもなく彼等も里に到着している頃合いでしょう。ですがよろしいのですか？　エルフとの協定を破る形になりますが」

「……暗殺者崩れ共がどこで何をしようが俺には関係ない。つまりアゲート王家は関与していないことになる」

「では、手筈通りに」

「頼むよ……あーあ。今度の玩具は長持ちすると良いなあ……」

ユーファの顔には、邪悪な笑みが浮かんでいた。

九話【エルフの里にようこそ！】

ベリル王国南部——リングアロー大森林近郊。

水晶林を越えて、さらに南下すること数日。

「なんか良いのかなあ、のんびり旅になんか出て……」

アレクはこの道中、何度目になるか分からない大きなため息をついた。

「良いんじゃないのー。アレクは何も悪くないし、あいつの自業自得でしょ」

サンドラが馬車の床の上で毛繕いしながら、のんびりと答えた。それをジッと見つめるベルはいつものメイド服で、側にはアレクの仕事道具が入った大きな鞄が置いてあった。

「そう簡単には割り切れないよ。少しの間だけど一緒に旅をしていたんだから」

「マスターが気に病む必要はないと判断します。既にあの出来事は——なかったことになっていますから」

「それが……余計にね」

ジェミニの襲撃から既に一週間以上経っていた。その後は怖いぐらいに平和だった。

アレクがセレスから聞いた話では、ジェミニは完全にいなかった者として——処理されたそうだ。

まるで、最初からそうするつもりだったとばかりに事が進んで、セレスも疑問を抱いて独自に調べたそうだ。しかし、その調査もすぐに直属の上司から警告を受けて中止せざるを得なかった。

ちなみに、ジェミニに危害を加えたディアナについても一切お咎めはないそうだ。本来なら、王族に怪我をさせただけでも大罪であり、如何なる理由があろうと死刑なのだが……。

ディアナは密かに、国外逃亡、もしくはやられる前にやれとばかりに王宮を襲撃する準備をしていたと冗談半分で言っており、アレクは要求された魔石や念入りなメンテナンスからして、結構本気だったような気がしていた。だが、結果としてジェミニが死んでも、何も変わらず、何も動かなかった。

アレクは後日訪れてきたマリンと共に、王都のすぐ外にある丘の上に小さな墓を建てた。アレクが密かに回収していた折れたジェミニの剣を刺して、それを墓標代わりとした。その剣に付いている【筋魔両刀】の魔石は完全に割れており、陽光を歪に反射している。

『私、聖女失格だわ』

そう呟いて去っていったマリンの背中をアレクは今でもふとした時に思い出すのだ。

それから数日後、エスメラルダから、〝私はもう里に帰るので準備出来次第すぐ来るように〟という旨の手紙が届き、アレクは準備をし、こうしてエルフの里へとのんびり旅をしていた。

旅費はなんとセレス経由でセラフィ――つまり王家から出された。理由は謎だが、お土産と土産話を楽しみにしているという言付けもあった。

「つまり僕は、国の代表として訪れるようなもんだよ？　流石に荷が重いや」

「アレクは大丈夫だよ。これまでも大丈夫だったし、これからも大丈夫。あたしもいるし、ベルもいるから」

サンドラがそう言ってアレクの肩に登ると、その頬に顔をすり寄せた。

それにアレクは思わず微笑んでしまう。

「ふふふ……くすぐったいよサンドラ」

「――理解」

そう呟いたベルがアレクの反対側に座ると、彼の頬に自分の頬を寄せた。

「あ、ちょ、ベル！　近いって」

「こうするのが好ましいと判断しました」

「いや、そんな真顔でやられても！」

アレク達が騒いでいると、馬車の御者が声を上げた。

「アレクさん――見えましたぜ」

「っ!!　本当に!?」

アレク達がその言葉で御者台へと駆け寄った。前方には街道が伸びており、その先には――森があった。右を見ても左を見ても、緑が延々続いている。

そして森の木々の間からは――天を衝く巨大な塔が乱立していた。それらの塔の間には巨大な橋のような回廊が無数に架かっており、その塔にも、そしてその回廊にも木々が生えている。

まるで――空にも森が生えているかのようにアレクは一瞬錯覚した。

「凄い……空に森がまるで虹みたいに架かってる」

サンドラの言葉に、アレクが頷く。

「あれが、リングアロー大森林の中で、特にエルフの聖地として禁足地とされている――〝群塔森林〟だよ」

アレクは気を引き締めた。いくら王族に招待されているとはいえ、決して油断して良い場所ではない。

「ここで、降ります。これ以上近付くと、この馬車が攻撃を受ける可能性がありますので」

「――良い旅路を」

アレク達は馬車を降りた。

ベルが大きな鞄を持ち上げ、アレクは日用品や着替えの入った鞄を背負った。

「さあ、行こうか」

アレクの言葉を合図に、三人が森へと近付いていく。鬱蒼とした森からは鳥や獣の声が聞こえてくるが、人が住んでいる気配はない。

「マスター、こちらに道らしきものがあり、森の奥へと続いています。スキャンしたところ、微かにですが、エスメラルダ様の痕跡が。おそらくこの道を辿れば、里に着くかと」

「うん、じゃあ行こうか。この辺りはあまり魔物がいないけど、油断しないように」

「かしこまりました」

そうして一時間ほど森の中の道を歩いていると――

「……ベル、もっかいエルフの説明を聞かせてくれる？」

目の前に広がる光景を見て、アレクは思わずそうベルに聞いてしまった。

「エルフ——近年まで亜人種に分類されていたが、十二年前に正式に人類として認められ、市民権及び自治権を得たとされる種族。主に大陸南部のリングアロー大森林を中心とした森林地帯に住んでおり、排他的かつ攻撃的な種族のためか他種族との交流を避け——」

「全然、そんな感じじゃないけど」

サンドラの言葉に、ベルも説明を中断し頷いた。

三人の目の前には、エルフの里らしき場所が広がっていた。らしき場所と、アレク達が言葉を濁してしまうのも無理はなかった。そこは森の中の開けた土地にある、木材でできた建物が並ぶちょっとした街とでも呼ぶべき規模の居住地だった。それだけならまだ想像の許容範囲だ。アレクは、てっきりエルフは大樹をくり貫いたような家々に住んでいるものだとばかり思っていた。だからこの里自体は、まあ思ったよりも普通だなあという印象しか抱かなかった。

だが問題は——

『ようこそアレク様御一行！　歓迎!!』

とデカデカと書かれた横断幕が里の門らしき場所に掛かっており、それ以外にも何やら色々飾り付けがされている点だ。さらに門の外には、今か今かとアレクの到着を待ち侘びているらしきエルフの人々が立っていた。遠目にだがその中にエスメラルダがいて、何やら陣頭指揮をしているのが見える。

「……凄く行きづらい！」

「めちゃくちゃ歓迎してるじゃない」

「データの修正を開始――完了」

しかし、回れ右して帰るわけにもいかない。

「行こうか……」

意を決したアレクが踏み出すと、目敏くそれを見付けたエスメラルダが声を張り上げた。

「来たわよ!! さあ、エルフ魂を見せてやりなさい!! 楽隊、花火隊、用意!!」

アレク達が近付くと、門の中からエルフの楽隊が勇ましい音楽を奏でつつ行進してくる。そして空には色とりどりの花火がバンバン上がった。その花火の音がうるさくて、せっかくの楽隊の曲が聞こえない。

アレクが引き攣った笑みを浮かべつつ近付くと――

「アレク!! よく来たわね!! 私の里にようこそ!!」

エスメラルダが飛びっきりの笑顔をアレクに向けた。その言葉と共に、周りにいたエルフ達がアレク達の周囲に集まってくる。

「おおお!! 君が魔力珠遣いか！ 小さいのに凄いな！ きっと救世主に違いない！」

「人間のわりには可愛い顔ね……じゅるり」

「幻獣を連れているぞ!! やはり伝説の魔力珠遣いの再臨に違いない!! これでこの里も救われた！」

エルフ達は皆嬉しそうな声を上げ、笑みを浮かべていた。全員が美男美女で、耳が尖っていることだけが唯一アレクのイメージ通りだった。アレクは聞き慣れない単語や、悪寒を感じる視線を浴びながら、エスメラルダに頭を下げる。

「お待たせしました。魔石屋アレキサンドライトの店主アレク、エスメラルダ様の要請により参上いたしました」

「よく来たわね！　まあ色々話はあるけど、そんなことは後でいいわ！」

「え？　いやでも危機が迫っているって」

「危機よりも――祭りが最優先よ!!」

――こうしてアレクは知ることになる。

エルフという種族が――如何にお祭り好きな種族であるかを。

そして、後にアレクはエルフの印象について聞かれた時、こう答えたという。

『エルフですか？　攻撃的かはともかく……とても排他的な種族でしたよ。なので、絶対に近付かない方が良いです。いや、本当に……』

＊＊＊

エルフの里、来客用宿舎。

「疲れた……」

ようやく、与えられた部屋に戻れたアレクは開口一番にそう呟いてしまった。思わずベッドに飛び込んだサンドラが足を投げ出し、へばっていた。

「ふにゃあ……流石のあたしも疲れた……」

「――とても手厚い歓迎でしたね」

「うん……」

アレク達は、里に入るやいなや、歓迎祭の主賓と祭り上げられ、七時間にも及ぶ宴会に付き合わされたのだった。歓迎されるのは嬉しいのだが、食べられないほどの量の肉料理が並び、未成年だと何度言っても、キツそうな酒を勧めてくるのに、流石のアレクも辟易していた。だが、何よりも気になったのは――

「――みんな、エスメラルダみたいに倒れていたね」

そう。彼らエルフは歌って飲んで踊って騒いでとしている最中、急に気絶したり、倒れたりしていた。しかしそれは日常茶飯事なのか、倒れた者はどこかへと運ばれていき、しばらくするとまるで何もなかったかのように戻ってきて、また祭りに参加していた。

「マスター。この里のエルフは全員――マナ枯渇症を発症させています」

ベルの言葉にアレクが頷いた。あれは明らかにマナ枯渇症の症状だった。

「この里のマナ濃度は王都に比べれば、かなり高い方です。ただ――エルフ達の人数が多いせいで、あれだけ集まって、呼吸が速まるような行為――飲酒や踊り、楽器演奏、魔力を使った魔術花火の行使などが繰り返されたせいで、一時的にマナ濃度が薄くなったと推測されます」

「それって——お祭り騒ぎをしたせいで倒れているってこと……？」

サンドラが呆れたような声を出した。

「そういうことになるね……発症者が出た時の手際が妙に良かったから……多分こうなると分かっていた節がある。おそらく、マナ濃度が高いところへと発症者を隔離することで、勝手に治るんだろうね……」

「もしかしてエルフって……馬鹿？」

そのもっともな言葉にアレクがうなだれた。

「……絶対に彼らの前では言わないでね、サンドラ」

アレクがソファに座ると、すかさずベルが水の入ったグラスを差し出してきた。それを飲んで一息つくと、どっと疲れが出てきた。

「ふう……」

アレクはため息をつきながら、エスメラルダが言っていた危機とやらについて推測していた。なぜ、数百万人に一人と言われるマナ枯渇症がこれだけ発症しているのか。なんて思っていると、タイミング良く扉が開き、それに対する答えを持っているであろう人物が入ってきた。

「さあ、二十五次会やるわよ！　二十六次会だっけ？　まあなんでもいいわ！」

そう言いながら、入ってきたのは樹酒と呼ばれる、エルフの里独特の酒が入った瓶を片手にしたエスメラルダだった。

「いや……だから僕は飲めませんって」

そう言うアレクの向かいにエスメラルダが座る。ベルが空の酒杯に、エスメラルダから受け取った樹酒の瓶から酒を注ぎ、彼女の前へと置いた。甘い、薬草のような匂いが漂う。

「ちょっとぐらい良いじゃない」

「ダメですよ」

「堅いわねえ。まあいいけど」

ぷはーと言いながら飲むエスメラルダを見て、アレクが口を開く。

「エスメラルダ様。僕を呼んだ理由は――マナ枯渇症のことですか」

アレクがそう言うと、エスメラルダがこくりと頷いた。

「その通りよ。私達エルフは基本的に飲んで騒いで、時々獣人族と殴り合って……という生活を繰り返しているのだけど、ここ最近、急に気絶する者や倒れる者が増えてね。原因が分からなかったのだけど……たまたまこの里に立ち寄った、先代の恩人であるレガードが、霊樹の不調が原因だと指摘したの」

「その霊樹ってのは?」

聞いたことのない単語だ。王都でエスメラルダがちらっと口にしたので、アレクも調べてみたのだが……何も分からなかったのだ。

「……エルフの信仰の元よ。禁足地の奥にある、言わば聖地と呼ばれる場所にあるの。そこに入れるのも、それを見ることができるのも王族だけ……なのだけど」

それが何か分からないにせよ、なぜ自分が呼ばれたのだろうか。アレクにはそれが疑問だった。

「遥か昔に、同じようにエルフ達が次々とこの病を発症することがあったそうなの。その時に、里を救ったのが――幻獣を引き連れた魔力珠遣い……と伝わっているわ」

幻獣を引き連れた魔力珠遣い――幾度となくこの里に来てから聞いた言葉だ。まるで、それはサンドラとアレクのことのようで、アレクは不思議な気持ちだった。

「魔力珠……つまり魔石が何か関係しているということでしょうね」

「そうね。きっとレガードもそう判断したのよ」

「あ、そういえばレガードさんはもういないんですか？」

レガードに会えるかもしれないと思っていたが、祭りの会場にその姿はなかった。

「もう去ったわよ。アレクによろしくと言っていたわ」

「残念です。では、エスメラルダ様。まずはその霊樹とやらを見に行きませんか？　僕がどうお役に立てるかは分かりませんが、見ないことには始まらないでしょう」

「ええ、もちろんそのつもりよ。明日の朝、早速案内するわ。でも場所が場所だから、案内は私一人だけ」

「構いません。あとは念のため、これを――」

そう言ってアレクは予め用意していた、とある短剣をエスメラルダに差し出した。

その柄には緑色の水晶が埋まっており、刃も水晶でできている、繊細かつ美しい短剣だった。緑髪のエスメラルダに、その短剣はよく似合っていた。

「っ!!　こ、これは!?」

なぜか一瞬取り乱したような態度を取るエスメラルダ。その声が上擦る。

「魔石武器です。特に――マナ生成に特化した物ですね。それを持っているだけで、マナが生成されます。おそらく、よほど魔力を酷使しない限り、マナ枯渇症が発症することはありません」

「ああ……へえ。素敵ね。ふふふ……セラフィには内緒にしとくわ」

そう言って、冷静さを取り戻したエスメラルダが悪戯っぽい笑みを浮かべた。

「へ？　セラフィ王女にですか？　なぜ？」

「なんでもないわ。じゃ、ありがたく頂戴するわね。また明日！　おやすみ！」

そう言って、エスメラルダが部屋から出て行く。

後ろ手で扉を閉めたエスメラルダは、その美しい刃を持つ短剣を廊下の灯りへとかざした。

その透き通った緑の刀身を見て、彼女は思わず笑みを浮かべてしまった。

「短剣をもらったの……初めてかも。きっとエルフ族の風習を知らないんだろうけどね」

エスメラルダの言う通り、アレクは知らなかった。

エルフの間で、男性が女性に短剣を贈ることが――求婚と同義である、ということを。

十話【遠き日の幻影】

リングアロー大森林内、禁足地――〝翠緑の柱〟近辺。

「ふんふんふーん♪」

鬱蒼と生い茂る植物の間を機嫌良さそうにエスメラルダが進んでいく。その手にはアレクからもらった短剣が握られていた。

「なんか朝から上機嫌ね」

サンドラがアレクの肩の上でその様子を見てポツリと呟いた。

「きっと、マナに余裕があるからだよ」

「そうかなあ……」

「マスター。見てください」

そう言って、アレクの前の草やツタを、右手に埋め込まれた【マナブレイド】の魔石によって生成した炎剣で斬り払っていたベルが、前方を指差した。

「おお！　凄い!!　高い！　大きい！」

サンドラが感嘆の声を上げる。アレクもその圧倒的存在感に思わず、おお……！　という声が出てしまった。

それは馬車に乗っていた時から見えていた、あの超巨大な塔だった。塔の壁には斜めに木々が生えており、一見すると人工物というよりも、木々の集合体と言ったほうがしっくりくるような見た目だ。その塔と、離れた位置にある別の塔が巨大な橋によって繋がっている。

「ねえ、アレク。あれは何なの？」

「分からない。遥か昔に造られたと言われているけど、現代の建築技術や理論では説明がつかない構造だからね。さらにエルフ達の禁足地になっているから調査がされたこともない。内部がどうなっているか……不明だ」

そうアレクが言うと、エスメラルダが振り返った。

「内部なんてないわよ。あれはただの柱よ」

「柱？」

「神が造ったという伝承があるけど、正直よく分かってないわ。上まで登ればまた何か違うのかもしれないけど……まあそんな馬鹿なことをした者は今のところいないわ」

「神ね……」

アレクは、神を信じていない。彼の故郷ではそういう概念はなかったのだ。だが人は死ぬと、大地に還り、やがて宝石になると言われていた。それが土着の信仰であると、王都に来てアレクはようやく知ったのだが、それでも今さら神や天使といわれる概念を受け入れる気はなかった。

「私も信じていないわよ。でも、現にこうしてあるのだから仕方ない。それに――霊樹を見れば神と呼ぶに相応しい者達がかつていたかもしれない――って感じるわよ」

そう言ってエスメラルダが進んでいくと、少し森が開けた場所に着いた。

「あと、三十分も歩けば辿り着くわ。一旦休憩にしてお昼を食べましょう」

「分かりました。ベル、お願いしてていいかい？」

「かしこまりました」

そう言ってベルが背中の鞄から大きな布を取り出すと、地面に広げた。

そしてその上に、まるで魔法のように出てくる料理の数々を並べていく。

「携帯に適してかつ冷めても美味しい物をチョイスしました」

「美味しそうね！　さ、食べましょ！」

エスメラルダが嬉しそうにそう言って座ると、目の前にあったパンにハムを挟んだ料理へと手を伸ばした。

「マスターも」

「うん、ありがとう」

四人によるピクニックが始まった。アレクには紅茶を、エスメラルダには酒を、そしてサンドラにはミルクを注ぐと、ベルがアレクに耳打ちした。

「マスター。少しだけここを離れても？」

「ん？　どうしたの？」

「いえ、悪い獣が後をつけているようで。追い払ってきます」

「そうなんだ。うん、お願いするよ、調査中に襲われても嫌だしね」

「かしこまりました。すぐに――済ませます」

そう言ってベルはお辞儀をすると、森の中へと消えていった。

しかしエスメラルダだけが首を傾げていた。

「……この辺り、魔物も獣もいないはずなんだけどなあ。まいっか」

＊＊＊

アレク達の後方――七百メートル付近。

「トリフェン兄貴……やっぱり止めましょうぜ。ここ、長耳共の聖地ですよ……呪われちまいます」

そう情けない声を出したのは、獣人――二足歩行する狼のような姿――の男だった。全身を茶色の体毛で覆われており、革製の鎧を身につけ、腰には刃が分厚く短い山刀を差している。足の間ではふさふさの尻尾が縮こまっていた。

「馬鹿野郎！　前金をもらったんだから、今さら退けるか！　呪いなんてあるわけがねえ」

そう言ってその獣人の男の頭をはたいたのは、同じ装備を纏っている、銀色の体毛の獣人――トリフェンだった。その顔には斜めに傷が入っており、威圧感を放っている。

「いいか、トパゾ。もう群れから離れちまった俺達が生きていくには金を稼ぐしかねえ。相手がいけ好かねえ人間でも金をくれるなら、客なんだよ。気に食わないがな。獣人を見下したような目で見やがって」

「……そっすね。やっぱりトパゾ&トリフェンブラザーズで一旗揚げるしかないっすよ！」

「なんでお前の名前が先なんだよ」

「痛っ！　殴ることはないじゃないっすか！」

そんな二人組が、追跡しているとは思えないのんきさで歩いていると——

「——臭うな」

「はい」

二人が一転、目を鋭くして山刀を抜き、前傾姿勢になる。それは獣人特有の構えであり、人間を遥かに凌駕する身体能力と膂力によって素早くかつ重い一撃を繰り出すことができるという。

「——目標発見。戦闘開始」

二人の視線の先に——無機質な声と共に現れたのは、周囲の景色からやけに浮いているメイド姿の少女だった。

「あん？　おいおい、標的の連れじゃねえか」

「兄貴！　掠《さら》って、おびき寄せましょうや！」

「殺すなよ。無駄な殺生は好かねえ」

「うっす！」

そう言って、二人がクルリと山刀の刃を上向きにした。

だが、結果としてその行為は無駄だった。

「生け捕りにします。目標捕捉――ファイア」

ベルは左手の魔石【マナバレット】を起動。【エレメンタルマナドライブ】でマナを雷属性の魔力に変化させ、弾丸状にして射出。

「っ!! 避けろトパゾ！」

トリフェンが地面を蹴って迫る雷弾を間一髪避けるも――

「ギャアアアア!! 痺れるううう!!」

まともに受けたトパゾが地面を転がり回った。その隙に、ベルが接近。

「やらせねえよ!!」

跳躍したトリフェンが木の枝の裏側を蹴って真下に加速。山刀をベルの頭へと振り払う。

「――駆動強化」

ベルの目が赤く光ると同時に、右足が跳ね上がり、迫る山刀を迎撃。

「嘘だろ!?」

ベルの蹴りで手から弾かれた山刀が回転しながら飛んでいき、隣の木の幹に刺さる。

トリフェンは空中で器用に体勢を変え、四つ足で着地。

「本気で行くぞ！――【ゼーヴォルフ】!!」

トリフェンが吼えると同時に、右手の爪に水属性へと変化させた魔力を纏い、突進。

五本の水爪を纏った右手の一撃がベルに迫る。

「――無駄です」

ベルがスッと横にズレ、攻撃を回避。トリフェンの右手から放たれた水爪が轟音と共にベルの立っていた位置の後方の大地を、生えている木々ごと削っていく。

上から見れば、森にまるで巨大な爪で引っかかれたような爪痕が残っていた。

「終わりです」

しかしそれを容易く避けたベルは、攻撃を放ち隙だらけになったトリフェンへと神速の手刀を振り下ろした。

「おいおい……強すぎだろ！」

それだけを吼えると、手刀によって地面に叩き付けられたトリフェンが気絶。

「――制圧完了」

メイド服の埃を払う仕草をしつつ、ベルはそう呟いたのだった。

戦闘開始からわずか――五十二秒の出来事だった。

＊＊＊

「えっと……」

アレクが食後の紅茶を飲んでいると――森の中からベルが何やら大きな二つの物体を引きずって戻ってきた。

「ええい！　煮るなり焼くなり好きにしろや‼」

「嫌っす！　煮込まれるのも焼かれるのも嫌っす！　するなら兄貴だけにしてください！」

その物体達がぎゃあぎゃあ騒いでいる。

「っ‼　獣人じゃないの‼」

エスメラルダが眉を吊り上げて、立ち上がると短剣を抜いた。

「我々の後をつけていましたので、捕縛しました。どうやらマスターの拉致が目的だったようですが。おそらく雇われのチンピラです」

ベルが説明すると、銀色の獣人――トリフェンが否定する。

「チンピラじゃねえ！　傭兵だ！」

「大体一緒じゃない」

サンドラが思わずそう言ってしまうと、トリフェンが歯を剥き出しに威嚇する。

「うるせえ！　喰っちまうぞ、このふわふわ！　――ぎゃあぁ！」

ベルの蹴りが横腹に入り、トリフェンがのたうちまわる。

「アレク、殺して埋めましょう。ここなら誰にも気付かれないわ」

「そんな物騒なことを言わないでくださいよ、エスメラルダ様……」

「ひえええええ‼」

既に茶色の獣人――トパゾはガタガタ震えて泣きそうになっていた。

「えっと……誰に雇われたんですか？　なぜ僕を狙うんです？」

「……答えるかよ」

そっぽを向くトリフェンの返事に、アレクはため息をついた。まあ、傭兵ならばそう言うだろうと予測はしていた。しかし、自分を拉致しようとする人物が思い当たらない。ジェミニの関係者にしても、なぜこのタイミングなのか分からない。

いずれにせよ、穏やかではなかった。エスメラルダの言う通り、殺してしまう方が良いのかもしれないが……甘いと言われようとアレクはもう、ジェミニが辿った末路のようなことが自分のせいで起きて欲しくなかった。ならば——商人らしいやり方でいこう。そうアレクは決意する。

「傭兵ってことは……金で雇われているのですよね？　いくらで僕の拉致を請け負ったのですか？」

「——百万ゴルドだ。前金で五十万ゴルド、あんたを受け渡して、残りをもらう段取りだ」

「脈、呼吸、心拍から判断して嘘はついていないかと」

ベルの言葉にアレクが頷く。だが金額については、怪しいなと思った。おそらくそこまではもらっていない気がする。だけどそこまで離れた数字ではないだろうと推測する。

であれば——アレクは飛びっきりの笑顔をトリフェンに向け、こう言ったのだった。

「では、僕が二百万ゴルド出しましょう。どうです？　僕に雇われませんか？」

＊＊＊

「うめえなこれ！」

「こんな美味い飯初めてっす！　あ、お茶おかわりもらっていいっすか！」

自由になったトリフェンとトパゾが、むしゃむしゃとベルが持ってきた料理を食べていた。

「……そう睨まないでください、エスメラルダ様」

睨んでくるエスメラルダにアレクが苦笑する。どうやらエルフと獣人がいがみ合っているのは本当のようだ。

「聖地に踏み込んだ奴は万死に値するのだけど。さらにそれが獣人なら一億死よ」

「であれば、僕らも死なないといけないことになりますよ」

「アレクは私の友達だから良いの！」

「彼らは既に僕が雇った傭兵——つまり仲間です」

「……はあ……分かったわよ！　勝手にしなさい」

諦めたエスメラルダが短剣を鞘に納めた。

「なんだよ、〝皆殺しのエスメラルダ〟っていう物騒な二つ名を持ってるわりに、聞き分けが良いな」

「獣人の仇敵って聞いてたんすけど、丸くなったんすかね」

のんきに、食後のお茶を飲んでいる二人の獣人をエスメラルダが睨む。

「アレクがいなかったら皆殺しにしてたわよ」

「はあ……そろそろ出発しようか。エスメラルダ様、案内を頼めますか？」

「分かってるわよ」

こうしてトリフェンとトパゾという獣人の傭兵を仲間に入れたアレク達は霊樹へと向かったのだった。

そうして森の中を進むこと三十分。

そこは——あの巨大な塔の麓だった。

「あれが霊樹？」

「そうよ」

塔の壁面の側に何やら祭壇のような物があった。だがどう見ても、樹という感じではない。

「マスター、あれは——コンソールです。【エンシャント・アーティファクト】の一種と言えば分かるかと思います」

「つまり……遥か昔の遺構ってことかい？」

「そうです」

「見てなさい、もっと凄いわよ」

エスメラルダがそう言って祭壇に近付くと、その祭壇が——変形し始めた。

「何あれ凄い！」

思わずサンドラが声を上げた。

「げえ、気持ち悪ぃ」

「怖いっす」

トリフェン達が嫌そうな声を出す。

祭壇はなぜか無数の正方形のブロック状に分解され、ひとりで変形、結合し、姿を変えた。

祭壇上部が細長く上へと伸びた形になり、その先端から無数の枝が生え、見た目だけで言えば木に見えないこともない。その枝の一部が塔の壁面へと接続されていく。

「これが霊樹よ」

エスメラルダがその無機質で人工的な樹の幹に手を翳すと、幹の中央部が開いた。

「あれは――」

「――魔石!」

霊樹の中に、ベルの中に埋まっている魔石よりもずっと大きな魔石が埋まっていた。

それは青い光を放っている球状の物で、表面には無数の回路が刻まれていた。しかし、アレクが近付いて見てみれば――それはヒビだらけであり、何よりかなり大きな亀裂が中央に走っていた。

いつ割れてもおかしくない状況だ。

「マナ枯渇症は、これが原因だと思うの。この霊樹の魔力珠――魔石だっけ？　が上手く機能していないせいよ」

アレクは鑑定眼を使った。まずは魔石の種類を調べようと思っての行動だったが……。

「これは――」

「なになに!?　アレク教えて！」

サンドラが急かすようにそう言うが、アレクは口を閉ざし、しばらくしてようやく口を開いたのだった。

「これは――【生態分解】の魔石だ」

「何だよそれ……」

トリフェンはわけが分からず、そう聞いてしまう。

「僕も見るのは初めてだし……伝説にしか出てこないから、実在するなんて思ってもみなかった」

その名を聞いたサンドラが、再び口を閉ざしたアレクの代わりに説明する。

「これはね……禁忌と呼ばれる――封印魔石の一種よ。これ一つで……国が滅びる」

サンドラの言葉が、重く響いた。

「国が滅びる？　大袈裟だな」

トリフェンがサンドラの言葉を鼻で笑う。国がこんな珠一つで滅びる？　ありえないだろ。

「簡単に言うと、生命体をマナへと分解する力を持っている魔石なんだよ。この魔石が機能すると、その効果範囲内にある生命体は徐々にマナを吸われ……やがて死に至る。最終的には死体すらもマナに変えてしまう。この魔石を使用された一帯の生態系は全て死滅し、マナへと分解されてしまう。ゆえに、【生態分解】と呼ばれているんだ」

アレクが再び語り出すと、トリフェンは眉をひそめた。

「それだけ聞くと確かにやべえけど……でもよ、それが機能してないいんだろ？　話を聞いているとそのせいで長耳共は不調なんだろ？　話がおかしくないか？　機能してない方が良いじゃねえか」

「……えっとね、この【生態分解】ってのはなぜか――植物だけは効果の範囲外なの。そして、この魔石は分解吸収したマナを再び大気や大地へと戻すのだけど、そうすると、自然と魔石の効果範囲内に、マナだけで生長できる植物達が生い茂るの」

「そうして出来上がるのが――死の森だよ。トリフェンは気付いていない？　この禁足地付近では、鳥のさえずりも虫の声も、獣の咆吼すらもないことに」

アレクの言葉に、トリフェンは思い当たることがあった。この塔のある一帯は、呪われた土地と呼ばれ、動物達は一切近寄らないという。それが、この魔石とやらの効果ならば、納得はいく。

「――これはエルフの王族……つまりハイエルフだけの伝承なのだけど、私達の祖先は元々……森の再生者と呼ばれていたの」

エスメラルダが語る。

「マナで生長する植物は、同時にマナをも生成するの。だからマナが枯渇した大地を、緑豊かな土地へと再生させるために私達ハイエルフは生まれ、そしてこの魔石とそれによって生じた森を守ってきた」

「……つまり、どういうことなんすか。小難しい話でさっぱり分かんないっす」

トパゾがお手上げとばかりにそう声を上げた。

「つまり、エルフもこの森の植物と同様に、魔石の効果の範囲外ってことだと思うよ。そしてこの森と魔石の力で生じた濃いマナ濃度の中でのみ生きられるように身体が変化してしまったんだ。だからこの魔石の効果が弱まった結果、マナ濃度が薄くなって……その環境に適応できなくなったたってことかな」

「流石はアレクね。それがきっと正解よ。これでこの森が禁足地である理由が分かったでしょ？　もしあんたらが勝手に踏み込んできたら、徐々にマナを奪われてそして死んでしまうからよ」

エスメラルダの言葉に、トリフェンとトパゾがコクコクと何度も頷いた。

「というわけで、アレク、直してくれる？」

「おい、まってくれ。直ったら俺達やばいんじゃないか？」

トリフェンがそんなことを心配するが、エスメラルダが笑みを浮かべた。

「そうね……効果はそんなに早く出ないから、すぐに戻れば平気だけど――試しにあんたらをここに放置して何日で死ぬか実験してもいいわね」

「ひいいい！　勘弁っす!!」

そんなやりとりをよそに、アレクが魔石に近付く、慎重にそれへと魔力を注いでいく。

「……うん……直せそうだ」

アレクは確信を持って、さらに魔力を注いでいく、これまでにないほどの魔力を吸われていくが、慎重に出力を調整する。魔力を入れすぎてもいけないのだ。

そうして十分ほど経ち――

「ふう……とりあえず応急処置はできたかな」

アレクの前には、あの大きなヒビがすっかり修復され淡い輝きを放つ魔石が浮かんでいた。

「完全には直せないの？」

それを見たエスメラルダの問いに、アレクが答えていく。

「魔石は繊細な物だからね。特にこの魔石は巨大かつ緻密なんだ。一度にやり過ぎると、今度は別の場所が劣化してしまう。少し時間を……多分一ヶ月ぐらいかな？　それぐらいおいて僕の魔力を馴染ませて……また修復して……の繰り返しになると思う」

「……結構大変ね」

「でも、少なくとも、これで効果だけは正常になると思うよ」

「そっか。じゃあ、定期的にアレクには来てもらう必要があるってことね！」

なぜかエスメラルダが嬉しそうにそう言った。

「そうなっちゃうね。僕にもう少し修復技術があれば良かったんだけど」

「エルフはいつでも歓迎するわよ!!」

「……うん。ありがとう」

引き攣った笑みを浮かべながらアレクが魔石を霊樹へと戻す。すると静かな稼働音が響き、塔全体が微かに揺れ始めた。

「動き始めたわね。さ、戻りましょうか」

エスメラルダがそう言って、全員が、元の祭壇の姿へと戻った霊樹に、背を向けたその時。

その異変にいち早く気付いたのは、ベルだった。

「マスター、あそこを」

そう言って、ベルが塔の壁面を指差した。

そこはコケと草で覆われている壁だったが、それが音もなく左右に割れ——開いた。

「あれは？」

「私も知らない……あんなの見たことない」

エスメラルダすらも驚愕していた。

全員が注目するその開いた壁の先には通路が続いており、灯りがついていた。何より――その通路には、半透明の女性と、同じく半透明の、サンドラと瓜二つの小動物が立っていた。

「ゆ、幽霊!?　しかもあたしがいる!?」

サンドラの声に、まるで反応するように、その女性とサンドラらしき幻影がゆっくりと通路の奥へと消えていく。

「今のは……幻影？」

アレクがエスメラルダに聞くも、彼女は首を横にふるふると振った。

「分からない。あんなところが開くなんて……」

あっけにとられるエスメラルダをよそに、トリフェン達が騒ぐ。

「おいおい、どうするんだよあれ……絶対ヤバいやつだろ！」

「幽霊は無理っす!!」

ジッと通路の先を見つめるアレクに、ベルが耳打ちする。

「あれは――ただの映像です。実体はありません」

「うん。そんな気がしてた。あの通路は安全？」

「はい。スキャンしましたが、罠や魔物の類いは検知しませんでした。行きますか？」

「うん。なぜか、僕のことを呼んでいる気がする」

そう言って、アレクが歩み出した。

「いやいや……やめとけってアレクの旦那……」

「そうっすよ！　呪い殺されますよ！」

「私も行かない方が良いと思うわ……」

トリフェン達とエスメラルダの言葉に、アレクが頷いた。

「ベルは先行して。エスメラルダ達は万が一のことを考えて、外で待機してて欲しい」

そのアレクの言葉に、エスメラルダは難しい顔をするも、了承した。トリフェン達は頼まれても中には入らないといった顔をしているので、確認するまでもないだろう。

「サンドラはどうする？」

「あたしも行く。だって、映像だか幽霊だか分かんないけど……同族を見るの、初めてだから。やっぱり気になる」

「だよね。じゃあ行こうか」

ベルを先頭に、アレクとその肩に乗ったサンドラが進んでいく。

灯りが、アレクの歩く頭上のみに点灯していく。前には、あの半透明の幻影が歩いていた。

「明らかにこの通路は、古の未知の技術が使われていますし」

「だろうね。でも、なぜだろう。不思議と嫌な感じはしない」

そして通路の先は行き止まりになっており、円形状の小さな部屋があった。

「ここは――」

部屋の奥には、表にあった霊樹とは比較にならないほど巨大な祭壇が置いてあり、その先から生えている枝のようなケーブルには回路が刻まれ、青い光が行き交っている。アレクが見ると。あの半透明の幻影が祭壇を操作していた。しかしその実体のない指は鍵盤のように見える操作板に触れても何も起きない。

「ここはおそらく制御室でしょう。表のあれは、外部からここを操作するためものに過ぎません」

そう言って、ベルが頭上を見上げた。そこには、天井の全てを埋めるほど――巨大な魔石が浮いていたからだ。

「あれが……本体か」

「はい。マスターが修復したのは、おそらく無数にある魔石の一つでしょう」

「凄いや……これ、どれほど古いか想像もつかないけど……一つも傷が付いていない」

「そんなの……不可能だよ。魔石は使えば摩耗するはずなのに」

サンドラの声を聞きつつアレクは推測する。

「この塔が【生態分解】の魔石によって吸い上げたマナを修復に充てているんだよ。おそらく何らかの原因でマナを外の魔石に回せなかったんだろうね」

「その可能性が大。マナが外へと流れ込んでいるのが確認できます」

「……そういうやり方もあるんだね。複数の魔石を組み合わせるってことか」

アレクは、使えそうだな、と思った。これまでは魔石同士は干渉せず独立した物として使っていたが……効果を組み合わせることで、その効果をさらに良くすることができるかもしれない。

なんて思考していると、サンドラが声を上げた。

「アレク！　見て！」

操作をし終えた、半透明の女性が振り向いた。

その女性は、色は定かではないが、長い豊かな髪をなびかせており、その顔は、どこかアレクに似ていた。

「母さんに……似てる」

「うん。でもちょっと違う」

「マスター……声が聞こえます」

ベルがそう言うと、アレクとサンドラが耳を澄ませた。すると、どこからかノイズ混じりの音声が聞こえてくる。

「……ザザザ……テ………ミング計……は順調の……ザザザ……うね……マ……濃度も一……準を満た……たよ……だ……あとは、量……型フォ………トキ……パー達に委……しょ……こ……星に魔……の……光あれ……」

そして、その半透明な幻影はアレク達の身体を通り抜け、通路を戻っていった。

「……今のは？」

「再生音声と思われますが……データが破損しすぎていますね。一応録音はしましたが——っ！マスター！　短剣が！」

ベルが珍しく慌てた声を出すと、アレクが腰に差していた短剣がひとりでに、宙へと浮いた。

「魔石が！」

アレクの短剣の柄に埋め込まれていた無色透明の魔石が光を放つ。

「なに!?」

サンドラの額の宝石も共鳴するように輝き——そして光が収まった。

魔石が光を失い、再びアレクの短剣へと戻っていく。

「マスター。計測不能の現象が起きました」

「母さんの魔石が反応した？」

「分かりません……」

ベルの困惑する姿を見て、アレクはこれ以上ここにいるのは危険と判断した。

「行こう。これ以上、ここには何もない気がする」

「うん……あたしもそう思う」

「かしこまりました」

アレク達はその制御室を去っていったのだった。この時の出来事が、後のアレクの人生に強く影響することになるが、アレクがそれに気付くのはずっと先のことだ。

アレク達が通路から出ると、壁は再び何ごともなかったかのように閉じられた。

「旦那、大丈夫か？」

トリフェンが心配そうな声を出すので、アレクは笑顔を作り、頷いた。

「ありがとう。大丈夫だよ」

「……私は見なかったことにする。この塔に関しては深入りしない方がきっといい」

エスメラルダはジッと霊樹の方を見つめて、そう呟いたのだった。

「……帰ろっか」

サンドラの言葉と共に、エスメラルダとベルが先導し、アレク達が来た道を戻っていく。

しかし、アレクには解決すべき問題があった。

今回の遠征で色々とヒントを得たので王都に戻ってからは忙しくなりそうな予感がしていたアレクは、今のうちに用事は全部済ませておこうと考えていた。

「エルフの里にエスメラルダ様を送り届けたら……トリフェン、ちょっと頼みがあるんだ」

「あん？　頼み？」

アレクが殿《しんがり》を務めるトリフェンにそう声を掛けると、トリフェンが不思議そうな顔をした。

「うん。ちょっと――罠を掛けようと思って」

そう言って、アレクは悪い笑みを浮かべたのだった。

十一話【蠍の尾】

リングアロー大森林、北部。

森の中、少し開けた場所に野営地ができていた。

「遅いな」

「……いくら土地勘があるとはいえ、あんな犬共に任せて良かったのでしょうか」

「奴らが失敗しようが死のうが、惜しくはない。それに相手はガキだ。犬でもできる仕事だろうさ」

そう会話していたのは、複数人の男だった。大陸西部に広がる砂原地帯に住んでいるとされる部族の衣装を身に纏っており、顔をそれぞれ布で隠している。腰には三日月型の曲剣を差しており、盾を背負っている。一部の男は小さな弓と矢を装備していて、丁寧に鏃《やじり》へと黒い液体を塗っていた。

そんな男達が、微かな物音に気付き、それぞれがすぐに武器を抜いて臨戦態勢に入る。

「俺だ」

そう言って、茂みから現れたのは、トリフェンとトパゾだった。

「――ふん、犬でも、人並みに仕事はできるようだ」

リーダーらしき男が、トリフェン達に捕縛されぐったりとした少年が担がれているのを見て、嘲笑った。

「ちっ……偉そうに言いやがって。おい、残りの報酬を寄こせ。それと交換だ」

「他の奴らはどうした？　小動物とメイドがいたはずだ」

「殺したよ。必要なのはこいつだけだろ？」

「……ふん、所詮は獣か。まあいい。約束通り報酬は渡そう。おい、あれを渡してやれ」

リーダーがそう言うと、一人の男が、金貨が入っているらしき革袋をトリフェンの足下へと投げた。トパゾがその中身を確認する。

「確かに、三十万ゴルド入ってるっすよ、兄――!!」

ヒュン、という風切り音に共に、矢がトパゾの腕に刺さった。

「ぎゃっ！　痛いっす！」

「て、てめえら!!」

「口封じをするのは当たり前だろ？　金も払わずに済むしな」

そう言って男達が、口角を上げ、武器を抜いた。

「ちっ！　やっぱり最初から俺らを消すつもりだったか！」

「我ら、アサシンの流儀よ。我らのことを知る者は少なければ少ないほどいい」

矢がトリフェン達へと殺到する。

「ちっ……旦那の言う通りだったな」

トリフェンがそう言って木の陰に隠れ、担いでいた少年――アレクを下ろした。

「だから言ったでしょ？　じゃあトリフェン、予定通りによろしくね。できれば、彼等も殺さないでほしい」

そう言って、アレクが自分の身体に巻いているだけの縄を解くと、後方へと合図を送った。甘い考えだとは分かっているけど、やはりもう人が死ぬのはごめんだった。

「ちとめんどくせえが……任せろ。あのメイドがいて、この武器があるなら――やれる」

そう言って、トリフェンが山刀を抜いた。その柄には二つの魔石が輝いていた。

「行くぞトパゾ」

「うっす！　今度こそ良いところ見せますよ！」

二人の獣人が牙を剝きだしに――笑った。

「くそ!?　なぜ黒毒が効かない!?」

「こいつら――強いぞ！」

「ぎゃあああ!!」

阿鼻叫喚が響き渡る。

それはありえない事態だった。アサシンとしての訓練を積んできた男達が、あっさりとトリフェン達に蹂躙されていた。

「貴様らそれでも、ラーサの民か！」

大陸西部の砂原地帯を根城にする、暗殺を生業とする部族――ラーサ。その中の暗殺部隊の一つであるこの〝蠍の尾〟は特に毒殺に特化した集団だった。彼らは専《もっぱ》ら各国の王侯貴族に仕え、闇の仕事をこなしてきた。個々の戦闘能力自体はさほど高くないものの、毒や暗器の使い手であり、こちらの不意打ちから始まったこの状況であれば負けるわけがなかった。だが、〝蠍の尾〟のリーダーであるラウルの目の前で、彼の部下達が次々と倒れていく。

「兄貴！　こいつら……鈍いっすね！」

トパゾが放たれた矢を避け、ラウルの部下を山刀で気絶させた。

「馬鹿野郎。俺達が速すぎるんだよ！」

獰猛な笑みを浮かべながらトリフェンがラウルの部下二人を同時に地面へと叩き付けた。

その二人の身体には数本、毒をたっぷりと塗った矢が刺さっているが、ピンピンしている。元々獣人は毛皮が分厚いので矢自体は大して効果がないのは分かっている。だが、即効性があり、体内に入れば間違いなく相手を死に至らせる〝黒毒〟を食らってなお生きている理由がラウルには分からなかった。

そういえば一つだけ心当たりがある。〝蠍の尾〟のここ最近の汚点である、セラフィ第一王女暗殺未遂事件。あの時も、なぜか黒毒が効かない者がいた。もしかすると黒毒を克服する方法が知らない間に広まっているのかもしれない。

「毒は使うな！　首を狙え！」

ラウルがそう部下に指示するも、既に遅かった。

彼の目の前に――

「指揮官発見——捕縛する」

　赤い目をした銀色の悪魔が舞い降りた。

＊＊＊
「マスター、制圧完了です」

「ご苦労様。トリフェン達もね」

　アレクは茂みに隠れていたサンドラを肩に乗せ、ベルの雷撃によって身体が痺れて動けない、この集団のリーダーであるラウルへと近寄る。

「魔石すげえな。毒も効かねえし、身体能力が馬鹿みたいに高くなりやがる」

「俺、今なら兄貴に勝てそうな気がするっす！」

「俺も同じだけ強化されてるのを忘れるな馬鹿」

　トリフェンにはたかれ、トパゾが涙目になっているのをアレクは笑いつつ、足下に倒れているラウルへと目線を向けた。

「こんにちは。貴方が彼らのリーダーですか？」

「……殺せ」

　顔だけは雷撃を免れたラウルがそう吐き捨てた。

「誰の依頼か教えてくだされば、皆さんを五体満足で帰しますけど」

「殺せ。我らラーサの民は決して主人を裏切らない」

その目に浮かぶ決意の光を見て、アレクは尋問を諦めた。おそらく金を積んでも無駄だろう。

「マスター!!」

「ざまあ……みろ」

ラウルはそれだけ呟くと、奥歯に仕込んだ毒を噛み砕いた。

「アガアアア!!」

倒れて、捕縛されていたラウルの部下達も次々と自害していく。

「こいつら!!」

トリフェン達が止めようとするが、無駄だった。

結果として、ラウル達〝蠍の尾〟は全員死亡した。

「ベル」

「マスター……手遅れです」

ベルの言葉に、アレクは自分の甘さを思い知った。

「こいつら……プロだな」

「っすね。根性は認めますけど……死ぬことはないのに」

トリフェン達がそう言って、黙禱を捧げた。

「ベル、僕は間違っていたかな」

「いえ。最善の行動かと。放っておけば、また狙ってきていたでしょうし。遺留品を探って、主人とやらに繋がる物がないか調べてみましょう」

「うん」

アレクはそう言って、その死体だらけの場所から離れた。

「大丈夫？　アレク」

サンドラの優しい声が響く。

「大丈夫。だけど、割り切れない部分もある。彼らが死ぬ必要はあったのかな」

「彼らが……そういう人間だったってこと。それだけだよ」

「そうだね。でも、そんな彼らを使ってまでなぜ僕を？」

その問いにサンドラは答えず、ただその小さな手でアレクの頭を撫で続けた。

その後ベルによって、とある証拠品が見つかった。

「マスター。まだ断定はできませんが……彼等を雇ったのは高確率で、ベリル王国の貴族……あるいは王族である可能性が高いかと」

ベルが、金貨の入った革袋をアレクへと差し出した。

「……金貨だね」

「報酬として彼らがトリフェン達に用意していた物ですが、金貨自体はこの大陸の共通金貨です。ただ、この革袋に微量に残留しているマナを調べたところ――アゲート王宮のマナと一致しました。かの場所は、異常にマナ濃度が高いとお伝えしたと思いますが、その影響で革袋まで、少しマナを帯びてしまったのだと推測できます」

さらにベルは、長期間高濃度のマナにさらさないと、検知できるほどのマナは残らないと言った。偶然、王宮で長期間使われていた革袋を無関係の人間が使うだろうか？

アレクはそうは思わない。

「アゲート王家か」

「もしくはその関係者、または頻繁に出入りしている者……になりますね。私レベルのマナ分析能力がないと判明しないことなので、油断したのでしょう。こんなあからさまに主人に繋がる物を普通、彼等のような暗殺者は携帯しないでしょうし」

「はあ……ジェミニさんのことはもう解決したと思ったんだけどなあ」

アレクはため息をついた。かの勇者……いや秘匿された王子の呪縛はまだ自分を縛っているようだった。

「いずれにせよ、これ以上はここでは分かりません。先に里へと戻ったエスメラルダ様にだけ挨拶して、王都に帰還しましょう」

「そうだねベル」

そう言ってアレク達が立ち去ろうとすると、トリフェン達が慌てて駆け寄ってくる。

「ちょ、ちょ待った！　アレクの旦那！　俺達はどうすれば!?」

「ん？　報酬なら、ちゃんと支払うよ。とりあえずこの金貨も用が済めば全部渡すつもりだし。あ、魔石ならそのまま使ってくれていいよ。それも報酬代金に入れておくから」

しれっと魔石で報酬の一部を済まそうとするアレクだった。

「いや、そうじゃねえ！　旦那、聞いてくれ。俺とトパゾは獣人族の中でも、はぐれ者なんだよ。だから行く当てもねえ。だからよ、この先も傭兵として雇ってくれねえか!?　とりあえずは今の金額のままで良いからよ！」

トリフェンは、ずっと計算していた。

二百万ゴルドという大金を約束したこの少年の言葉を疑ってはいなかった。だが、それを手にした後の自分達の行動がトリフェンには思い浮かばなかった。

少なくとも、しばらくは遊んで暮らせたとしても、いつかは金が無くなる。だが、それよりもこの少年に付いていく方が、結果的に金になるような気がしたのだ。特に、この魔石は異常だった。ただの石をはめ込むだけで、毒は効かなくなり、身体能力は向上する。

あまりに――強すぎる力だ。これは、絶対に逃してはならない機会だ。

そうトリフェンの本能が叫んでいた。

「……旦那はこんな奴らに狙われているぐらいだ。相当厄介な立場にいるんだろ？　だったら俺らみたいな裏で汚い仕事をする人材は必要だぜ？　そっちのメイドはあんたの護衛だろ？」

「マスター。彼の言い分には一理あります。今後はマスターの護衛を最優先したいのですが、それをすると私自身が調査に出にくくなります。彼らならマスターとの関係性が薄く、動かしたとしても、繋がりが見えにくいでしょう」

「んー。それはそうだけど」

アレクも、トリフェン達が完全なる悪人だとは思わない。ただ、雇うほどの必要性があるのかと

いうと……。それに何より、

「……あんたら金で裏切るじゃない」

アレクの心境を代弁したサンドラが、ジト目でトリフェン達を見つめた。

「待ってくれ！　確かに金は大事だし、それでこいつらを裏切ったのは確かだ。だけど、アレクの旦那は違う。あんたは最初から俺達を獣人だと馬鹿にしなかったし……何より、これがある」

そう言って、トリフェンは魔石が埋め込まれた山刀を掲げた。

「獣人族は何よりも力を尊ぶ。あんたが力をくれる限り、絶対に俺らは裏切らねえ」

「マスター。彼らの管理は私がやります。ですから私の部下として彼らを雇いませんか？」

珍しくベルがお願いをしてきたことにアレクは驚いていた。それがなんだか嬉しくて少し微笑むと、彼は頷いたのだった。

「そこまで言うなら……トリフェン、トパゾ。今後もよろしくね。一応ベルの部下ということになるからベルの指示には従ってね」

「やりましたね兄貴！」

「おう！　俺らが付いたからには百人力だぜ！」

こうしてトリフェンとトパゾは正式にアレクの部下となった。

彼らとベルは——後に〝銀の双牙〟という名で、裏社会で恐れられる存在になっていくのだった。

＊＊＊

「じゃ、俺達はベルの姉貴の指示通り先に王都に行って、潜伏しとくぜ旦那」

「うん。気を付けてね」

「なあに魔石がありゃあ、俺達は無敵だよ」

そう言ってトリフェン達が密かに王都へと向かい、アレク達はエルフの里へと戻った。

「ええ!? もう帰るの!? 霊樹復活祭～響《ひびき》～の準備してたのに!!」

〝アレク命〟と書かれてある謎の羽織り物を着ているエスメラルダを見て、アレクが苦笑する。

「マナ濃度が戻るのにもう少し時間が掛かるから、無茶しちゃダメですよ、エスメラルダ様。僕らも早急に王都に戻って、やらなければならないことが増えましたし」

「そう……まあ仕方ないわね。ああ、そうだ、アレクこっちきて！」

そう言ってエスメラルダが、商店が立ち並ぶ里の中心を走る大通りの、端にある店の前で立ち止まった。それは新しく建てられた店のようで、まだ看板も何も出ておらず、数人の職人が壁を塗っていた。

「これは……？」

「アレク、これからも定期的にここに来るでしょ？　だったら拠点ある方が良いし、そのたんびにお店を閉めてたらそっちも仕事がやりづらいだろうから、こっちでもお店できるように作ったの！是非エルフの里でも魔石屋さんをやって欲しいのよ」

「おお……」

胸を張るエスメラルダにどう反応していいか分からず、アレクは笑う他なかった。確かに、せっかくエルフの里に定期的に来るのなら、こちらでも魔石のレンタル販売をしても良いかなあと、頭の片隅では思っていたが……。

「話が早すぎる……」

「アレクに不利益はないと思うけど……だめ?」

お願いのポーズをするエスメラルダに、アレクはため息をついた。そんな顔で言われて、断れるわけがない。

「ありがとうございます、エスメラルダ様。次回来る時に予備の仕事道具と魔石の在庫を運んできます。正式オープンはそれからですね」

「流石アレクね！　楽しみにしているわ！」

「アレクは女の子に甘いなあ……」

サンドラの言葉にアレクは苦笑する。だが、嬉しそうに飛び跳ねるエスメラルダを見て、悪い気分ではなかった。

「エルフ向けの魔石も考えておかないとね」

なんて喋っていると、宿舎で荷物をまとめていたベルがやってきた。

「マスター。帰還準備完了です」

「ありがとうベル。じゃあ、エスメラルダ様、そろそろ我々は王都に戻ります」

「あと一日ぐらい、ここにいたら?　プチ復活祭をするし」

「あはは……すみません。すぐに帰らないといけないので」

「そう……まあ、次来た時のお楽しみにしておくわ！　なんせ来客なんて滅多にないのだから。もっとたくさん来てくれてもいいのに、なぜか一度ここに来た人はみんな来たがらないのよね……」

その原因をアレクは教えようかどうか迷った末に、口をつぐんだ。

まあ……僕が言うことでもないか……。

「じゃあ、帰ろうか」

アレク達はエルフ達に盛大に見送られながら、エルフの里を後にしたのだった。

帰りの馬車の中。

「――これ、なんなんだろうなあ」

アレクは母の形見の短剣を掲げた。

これまでは何をしてもなんの反応もなかった魔石が、今は淡く光を放っている。アレクはもう何度も試した鑑定眼をもう一度使ってみる。

「やっぱり一緒か……」

アレクはその結果を視て……やはりこれまでと同様に頭を悩ませたのであった。

その魔石の名は――【空白】

＊＊＊

王宮内――〝緑柱宮〟、ユーファ第一王子の自室。

ゆったりとしたソファに座り、琥珀酒を飲んでいるユーファ王子に、一人のメイドが耳打ちする。

「ユーファ王子」

「〝蠍の尾〟からの定期連絡が途絶えました。おそらく全滅したかと」

「ほお……撃退されたってことか？」

「そこまでは。ターゲットの今回の遠征に、護衛は付いておりませんでした。本人の力だけで撃退できたとは思えません。おそらくは護衛を現地で雇ったか、エルフの協力を得たか……」

そのメイドの報告に、ユーファは嬉しそうな笑みを浮かべた。

「おいおい……相手は魔石を生み出し、そして使いこなす奴だぞ？　どんな暗愚な護衛だろうと精鋭となり、立ち塞がるだろうさ」

「……どういたしましょう？」

「お前や俺の関与がバレた可能性は？」

「まずないでしょう。〝蠍の尾〟は、絶対に主の情報を漏らしません。報酬もアゲート金貨ではなく、共通金貨で払っています。まず私まで辿ることはできないでしょう」

そう断言するメイドを見て、ユーファは嘲るような声を出す。

「……絶対はないぞ？　相手は魔石師だ。用心しておけ」

そう言うものの、間違いなくこちらの正体には気付いていないだろうとユーファは踏んでいた。

なればこそ、このゲームは楽しめるのだ。盤面の駒は……盤外の繰手に気付いてはならないのだ。

そして王たる者は常に、繰手であるべき……そうユーファは考えていた。

「はっ……早急に始末します」

「間に人を三人ぐらい通しておけ。あとはそうだなあ……アルマンを呼べ」

ユーファは自分の考えにニヤリと笑った。強硬手段だけでは面白くない。

「アルマンディ商会の、アルマン様ですか？」

「そうだ。所詮は、ただの商人だ。揺さぶりをかければ……あっさり降参するさ」

「かしこまりました。一つだけ、よろしいですか？」

「なんだ？」

メイドが、少し間を置いて、口を開いた。

「王が秘匿するほどの力。始末するのは……少々惜しいのでは？　ユーファ王子ならば上手く使いこなせましょう」

「興味ないね。あれば便利だろうし、魔石は確実にこの王国の軍事力や経済力を底上げするだろう」

「では……なぜ」

メイドの言葉にユーファは酒杯を傾け、飲み干すと——こう答えた。

「なぜかって？　決まっているさ。俺はこの国が……大っ嫌いだからさ」

ユーファの目の中では……暗い炎が燃えたぎっていた。

十二話【蒼い瞳の少年】

王都――〝魔石屋アレキサンドライト〟

「んー、やっぱり我が家は落ち着くわね」

サンドラが特等席であるカウンターの端で丸まって、日なたぼっこしながらのんびりとそう口にした。

「うん。仕事も溜まっているし、しばらくは忙しくなりそうだ」

「トリフェン達は既にアジトを確保し、今は獣人族のツテを使って裏社会の調査をさせています。基本的にマスターとの接触は一切させないつもりです」

ベルがテキパキと掃除をしながら報告するのを聞きつつ、アレクは魔石を作成していく。その魔石の方向性を決めるべく、慎重に魔力を込める。それにより魔力が材料となるミスリルに蓄積されていき、徐々に姿を変えていく。するとできたのは淡い赤色の魔石だった。しかし【強化系】のように球状ではなく、五角形の形をしている。

「んー？　アレク、それなに？」

「ああ、これはね、試験的に作ってみたやつで――」

アレクが説明しようとした時、店の扉が開いた。店を開けるのは明日からで、今日は閉店の看板を掛けていたはずだ。

「申し訳ございません。開店は明日からです。お引き取りを」

「アレクって奴はどこだ!?」

ベルの声を無視して、店に飛び込んできたのは――アレクと同じぐらいの年齢の少年だった。褐色の肌に、鮮やかな蒼色の瞳。少し癖のある黒髪の下には、まだ幼さの残った、どこか高貴な雰囲気を纏った顔があった。その蒼色の瞳に、まるで砂漠の中で出会った幻のオアシスのような……そんな印象をアレクは抱いた。

「えっと……僕がアレクだけど」

「お前か！　お前、凄い装備を売っているんだろ！　俺に売ってくれ！」

少年がアレクのいるカウンターへと駆け寄ってくる。その蒼い瞳に、アレクは焦りがあるのが見えた。

「……誰に聞いたの？」

「おやっさん！　おやっさん達が話していたんだ！　採掘に最適な装備を作る奴が王都にいるって！」

採掘。おやっさん。その言葉から、少年が採掘士ギルド関係の子だと推測できる。

「……〝水晶林〟の採掘士ギルドで聞いたのかな？」

採掘士向けの魔石を考えている、ぐらいのことしかあの支部長には言ってないはずのアレクだっ

たが、どうやら話がかなり大きくなっているようだ。

「そうだ！　俺はアメシス！　明後日から〝キーリヤ砂火山〟に行くんだけど……ガキだって馬鹿にされないようにすげえ装備を持っていきたいんだ！」

そう言って、アメシスが採掘士の証である採掘士ギルドのギルドカードを取り出した。確かに、そこには採掘士ギルド水晶林支部の紋章と、アメシスの名前が書かれてあった。

「今日は閉店しています。マスターに用があるのなら明日出直してください」

ベルがそう言って、少年――アメシスをつまみ出そうとする。

「明日じゃダメなんだよ！　キーリヤは遠いから明日の朝出発するんだ！」

首を摑まれ、ジタバタするアメシスにベルが非情な声を掛ける。

「では、諦めてください」

「いいよ、ベル。話だけ聞く」

「だそうです。大人しく座っていなさい」

そう言ってベルがアメシスを椅子に下ろすと、お湯を沸かしにいった。

「お前のメイド、乱暴だな！　俺の家にいたメイドは……いや、なんでもない」

脚を組んで生意気そうな声を出すアメシスを見て、アレクとサンドラが目を合わせた。

「とにかく、俺はキーリヤで一山当てないとまずいんだよ！　頼むよ！」

そう訴えるアメシスを見て、アレクはため息をついた。

どうやら帰ってきて早々、普通ではないお客さんの相手をすることになりそうだ。

「キーリヤ砂火山と言えば……確か、海と砂漠と火山が混在している場所だよね」

アレクが、いつか読んだ書物の知識を思い出す。荒れた海に面した火山であり、その周囲には砂漠が広がっている。火山へと続く陸路も海路も危険であり、今は多少安全なルートが確立されているものの、昔は辿り着けずに果てた採掘士も多いと聞く。だが、それでも採掘士達がその火山へと出向くのには理由があった。

「その通りですマスター。各種宝石の原石、希少な鉱石の鉱脈に、キーリヤ砂火山でしか採れないと言われる〝ラヴァライト〟。そのどれかを採掘できれば一財産になるほどの価値があります」

「俺は……金がいるんだ。金があれば自由になれる！　だから……」

アメシスの言葉に、アレクが頷いた。何やら事情がありそうだが、そこまで踏み込むべきかが分からない。店が繁盛するほどにそういう事情を一々気にしていられなくなることを、既にアレクは痛感していた。

「ギルドで何を聞いたか分からないけど、採掘に最適な装備はまだ試作中なんだ」

アレクの言葉に、アメシスが分かりやすく落ち込む。

「ほんとかよ……俺、どうすれば……てっきりここにあると思って道具、全部置いてきちまった」

「ツルハシも？」

アメシスが力なく首肯する。

「馬鹿じゃないの。採掘士がツルハシも持たずにどこへ行くのよ」

サンドラの言う通り、ツルハシは採掘士にとって必須の道具である。しかし、アレクが見る限り、アメシスは何も持っていなかった。

「ここに……なんか凄いツルハシがあると思って……それで……」

「本当にあるかどうかも分からないのに置いてくるなんて、迂闊すぎるわよ」

サンドラの言葉にアメシスがうなだれた。その様子を見て、アレクが口を開く。

「サンドラ、あんまり責めないであげて。ツルハシについては多分ルベウスさんに頼めばすぐに作ってくれるから……それに、まだ試作段階だけど採掘用に作った魔石を付けてみるよ。時間がないから即席魔石武器って感じになるけど」

「ほんとか!? その魔石なんたらが何か分からないけど!」

ガバリと顔を上げて、アメシスが目を輝かせた。表情が豊かな子だなあとアレクは苦笑する。

「うん。でもできるのは多分ギリギリ明日の早朝になるから、出発前に取りに来て」

「分かった! あ、そうだ、金についてだが……現金はないから、これで頼む!」

そう言ってアメシスが腰のポーチから、古びた革袋を取り出した。

その中には黒い歪な形をした、所々に赤い粒が交じっている鉱石が一つだけ入っていた。それを見たサンドラが驚きの声を上げる。

「これ……ラヴァライトの原石だよアレク!」

「俺の両親の形見なんだよ。売ればそれなりの金になるのは分かってたけど、売りたくなくて」

「じゃあどうして」

そう問うアレクの目を、アメシスはその綺麗な蒼い瞳でまっすぐに見つめた。

「決別だよ。それがずっと俺を縛っていたことにようやく気付いたんだ。ラヴァライトなら、俺がキーリヤに行って山ほど採掘するつもりだから、もうそいつはいらない……いらないんだ」

「そっか……うん、これならお釣りが出るぐらいだよ」

ラヴァライトの原石は、かなりの希少価値があり、売ればそれなりの値段にはなる。

「凄い装備、期待してるぜアレク！　じゃあ、俺は他の道具を調達してくる！　今回の採掘依頼を仕切ってるアルマンディ商会が確か無料で貸し出ししてくれるって話だしな！」

そう言ってアメシスが立ち上がると、風のように去っていった。

「……どうするのアレク」

「早速この魔石が使えるかもしれない」

そう言って、アレクは先ほど作り出した赤い魔石を手に取った。

それは【分解】、とアレクが名付けた魔石だった。エルフの里で見た【生態分解】をヒントに作り上げたのだが……その効果を試すのにもルベウスの協力が必要だ。

「ちょっとルベウスさんのところに行ってくる。ベル、留守番よろしくね」

「了解しました」

サンドラを肩に乗せ、アレクはいくつか魔石を持ってルベウスの店へと向かったのだった。

＊＊＊

その作業は、夜が明けると共にようやく終わりを迎えた。

「ルベウスさん、すみません無理を言って」

アレクが、眠そうなルベウスへと頭を下げた。サンドラは既にアレクの腕の中でスヤスヤと眠っている。

「かはは……良いってことよ。しかし、久々に徹夜するとこたえるな……もう俺も若くないか」

大きく伸びをするルベウスは疲れ切った様子だが、その表情は満足げだった。

「突貫作業だったが、良い物は作れたんじゃないか？　ツルハシは初めて打ったが次はもう少し早く作れそうだ」

出来上がったツルハシを、ルベウスがアレクへと手渡した。そのツルハシの頭部は黒い金属製で、赤い粒が所々に交じっていた。

「はい。これの量産型を採掘士ギルドにレンタルもしくは販売するのも良いかもしれませんね」

「……ギルドが絡むなら、商人ギルドに話を通した方が良いかもな」

「商人ギルド……ですか」

アレクはもちろんその存在を知っていたが、正直言うと、あまり関わりたくないというのが本音だった。なぜならあまり良い噂を聞かないからだ。毎月納める運営費が高額で、加入しないと営業妨害をされる、不当な価格で取引を迫られる……などなど、キリがない。

アレクはできる限り目立たず、細々とやっていれば、目を付けられることもないだろうと思っていたが——その考えをルベウスは甘いと一刀両断した。

「魔石が有名になればなるほど、いつか必ず向こうから加入を迫られるだろうよ。今は騎士や冒険者の武具しか相手していないからまだ良いが、ツルハシやら日用品と言った道具類に手を出すとなると、そうはいかねえ」

「……ですよね。ちょっと考えておきます」

「しかし、キーリヤか。火山活動が激しいとかで、今は確か採掘禁止時期だったと思っていたんだがなあ」

そう言って、ルベウスが煙草を吸い始めた。その顔には恍惚とした表情が浮かんでいる。アレクは当然まだ未成年なので煙草を吸ったことはないが、美味そうに吸うルベウスを見て、いつかは試してみようと密かに考えていた。

「採掘禁止時期ですか……となると話が妙ですね」

「俺も詳しくは知らんが。まあ今は落ち着いたのかもな」

「ふむ……。では、改めてありがとうございました。代金は後ほど」

「おう。俺は寝るぜ」

アレクはツルハシを布で包み、抱えると、ルベウスの店の外へと出る。

「もう朝か……」

空は白け始めており、まばらにかかる雲が陽光で微かに光っている。アレクが自分の店へと足早に進むと、店の前でベルが待っていた。

「あれ、ベルどうしたの」

「お帰りなさいマスター。報告すべきことがいくつかありまして」

ベルの顔には何の表情も張り付いていないが、その声から、何となく緊急的な用件であることを察したアレクが頷いた。

「中で聞くよ」

中に入ると、アレクはツルハシをカウンターの上へと置いた。

「それで？」

「王宮に出入りする者をトリフェン達に監視させていたのですが、その中に商人ギルドのギルド長であり、アルマンディ商会の会長でもあるアルマン氏がいました。先に結論を言いますと――アメシス様は騙されている可能性があります」

「アルマンディ商会のアルマン氏……か」

アルマンディ商会は、この王都で二大商会と呼ばれる内の一つで、主に王侯貴族を相手に高級品を卸すことで財を成したと言われている。そして商人ギルドのギルド長でもあるアルマン氏もあまり良い噂は聞かない。裏社会と密接に繋がっているという話もよく聞く。

「でも、アルマンディ商会は王家御用達のお店だからね。王宮に出入りしているのは不思議ではないけど」

「はい。ですが、急に呼び出されたような様子だったそうで。もし仮にマスター暗殺を企てた者が王宮内の者だった場合、表立って動くことはできないでしょう。であれば……アルマン氏のような人物を通して……と考えるのが妥当かと。今回の呼び出しは、暗殺に失敗した件についての可能性も」

　アルマン氏なら、あるいは。そう思わせるほどの評判の悪さだ。

「なるほど……。可能性はある」

「さらに、アメシス様が参加されるキーリヤ砂火山への遠征についてですが、主催がアルマンディ商会です。調べましたところ、現在キーリヤ砂火山は採掘禁止時期になっているそうです。ただし例外として、王家の許可があれば可能とのことなので、王宮を訪ねたのはこの遠征について……という線もあります」

「うーん……怪しいね。どっちもという可能性もあるし」

「マスターの件とは無関係でしょうが、アメシス様はこの危険な時期にキーリヤ砂火山で不当な労働を強いられる……かもしれません。そういうことをしかねない輩です」

　ベルの言葉を聞きつつ、どれも不確定の情報で、何とも判断しづらい状況だ。

「そのままアメシスに伝えたところで、きっと彼は行くだろうね」

「はい」

　アレクはアメシスの蒼い瞳を思い出す。なぜか強烈に印象に残っている目だった。どこか人を惹きつけるあの瞳は、何となくだが、この国の王女であるセラフィや、エルフの王族であるハイエルフのエスメラルダを想起させる。カリスマ性、と呼んでも良いのかもしれない。

「ベル、お願いがあるのだけど」

「はい」

「トリフェン達を動かせる？」

「既に、今回のキーリヤ砂火山への遠征にトリフェン達を紛れ込ませる段取りは付けております」

そう平然と言うベルに、アレクは苦笑する他なかった。どうやらこちらの考えや行動がすっかり見抜かれているようだ。

「なんせ、今回は魔石のレンタルだ。アメシスが帰ってきてくれないと困る。それに試作魔石の実際の使い勝手も聞きたいからね」

「マスターは……優しすぎますね」

ベルが微笑みつつそう言った。

「そうかな？」

「そうです。でもそれがマスターの良いところです。では、早速手配して参ります。アメシス様には、下手に説明しない方が良いかと」

「分かった。ありがとう」

ベルが店から去っていくのと同時に、アレクはアメシスが来るまで少し仮眠をすることにした。考えることがたくさんあったが、今はゆっくりと寝たいというのがアレクの本音だ。

結局、アレクがカウンターに突っ伏して寝てしまうまで、さして時間はかからなかった。

十三話【燃ゆる火山にて】

ベリル王国西部、エリンジャ地方――〝キーリヤ砂漠〟

砂塵を巻き上げながら砂原を竜車が走る。馬と違い、砂地や荒れた岩地も走れる四足歩行の巨大なトカゲ――地竜が牽引する幌の中、アメシスは揺られながら、人が詰まったその中の様子を観察する。

見れば、全員が自分と同じように採掘道具を持っているが、アメシスは何となく違和感を覚えた。採掘の遠征なら、参加するのは大人の男性がほとんどだと聞いていたからだ。だが、ここにいるのはみすぼらしい老人や、今にも倒れそうなほど痩せ細った男達、自分と同じかそれよりも下の子供達だけだ。唯一、屈強そうな獣人族の男が二人いるが、採掘道具を持っておらず、武器を腰に差しているところを見ると、護衛なのかもしれない。

「なにジロジロ見てるんだよ、ガキ」

顔に傷がある銀色の体毛をもつ獣人がアメシスの視線を感じて、低く唸るようにそう言い放った。

しかし、幼い頃から屈強な採掘士に囲まれて育ったアメシスにはその程度の脅しは通じない。

「別に。あんたらは採掘士じゃないんだろ」

「護衛兼採掘士ってところだな」

「商会側の人間なら採掘士を脅すような言動はやめろよ」

「……なんか生意気なガキっすね兄貴」

隣の茶色の獣人がそんなことを小声で言うが、丸聞こえである。

「聞こえてるよ」

「旦那とは大違いだな。ま、生意気なガキは嫌いじゃねえよ。俺はトリフェン、で、こっちがトパゾだ」

「俺はアメシス」

「まあ、頑張れよ。なんかあれば俺に言え」

トリフェンがそう言って、おそらく笑ったのだろうが、アメシスには獲物を見付けた時の肉食獣の表情にしか見えなかった。それでも、案外悪い奴ではないかもしれないなと思った。

すると地響きが鳴り、竜車が大きく揺れた。周囲がざわつく中、アメシスとトリフェン達が御者台へと駆け寄る。

「今のは!?」

不安そうな顔をした御者が震えた声で答える。

「ふ、噴火だよ！　こんな時にあんなとこ行くなんて正気じゃねえ」

アメシスが見ると、火山がすぐそこまで迫っていた。その山頂からは噴煙がのぼっており、赤いマグマが山肌を焼いていく。

「……あんなとこで掘るのかよ。採掘士は自殺志願者か何かか？」

トリフェンの言葉に、アメシスは言葉を飲み込んだ。噴火中の火山での採掘は危険すぎる。普通なら採掘禁止令が出るはずだ。今回の遠征を仕切っているのはアルマンディ商会であることから考えて、特例なのかもしれないが……。

アメシスは、ここでようやく自分の迂闊さに気付いたのだった。王都でも有名な商会が仕切っている遠征だから、安全だろうと高をくくっていた。だが、間近で火山の噴火を見てしまうと、足が自然と震えてくる。そんなアメシスを見て、トリフェンがポンその細い肩に手を乗せた。

「ま、心配すんな。なんかあれば助けてやっから」

「兄貴……これ、俺らも危ないっすよね？」

トパゾが情けない声を出したのを見て、トリフェンがその頭をはたいた。その様子を見て、アメシスはようやく平常心を取り戻したのだった。逆に考えればいい。おそらく、普段はそれこそ山のようにいる採掘士……つまりライバルがこの状況では少ないだろう。さらに噴火自体は危険だが、地下に眠る鉱石や原石が地表に運ばれてくる可能性もある。

特にラヴァライトはそういった鉱石や原石がマグマと混じってできると言われている。

「上手くやれば一攫千金かもしれない……」

アメシスは、アレクから渡されたツルハシを強く握った。

自由を勝ち取るためだ。やるしかない。

アメシスは静かな決意と共に、火山を見つめ続けたのだった。

＊＊＊

しかし火山内部は端的に言えば地獄だった。

「マグマが噴出した!! 退避しろ!!」

「ガス溜まりだ！ 誰か救助を！」

「二十三番通路で水蒸気爆発が起きたぞ！」

採掘していた子供や老人達がパニックになるなか、数少ないアルマンディ商会側の人間である監督官達が冷徹な声を出した。

「持ち場を離れるな！ 宝の山はすぐそこにある！ 掘り続けろ！ でないと貴様らは一生ここから出られないぞ！」

「そんな話聞いてないぞ！」

「黙れ！ 貴様らを採掘禁止時期に採掘に来た違法採掘士として牢屋にぶち込んでも良いんだぞ!!」

「横暴だ！ ここに連れてきたのはお前らだろうが!!」

「そういう契約だ！ ちゃんと契約書読まなかった貴様らが悪い！ さあ死にたくなければ掘れ！」

ムチが打たれる音が灼熱の坑道に響く。

「おーおー、時代錯誤なことやってやがるな」

細い坑道の奥で、アメシスと数人の子供と老人が懸命に掘り続けるのを手伝いながら、トリフェンが軽口を叩く。

「……止めないのか」

アメシスが黒いツルハシを振ると、いとも簡単に壁の一部が崩れた。子供の膂力ではまず不可能な芸当であるが、秘密は魔石にあった。

「俺らも一応、あっち側の人間だぜ？　それにあいつらを助けることも、あいつらを追い込むことも俺らの仕事じゃねえ」

「そうかよ……っ！　みんな！　掘る方角を南にずらそう！」

「なんで？」

一人の子供が不思議そうにアメシスに問うた。

「もう少し掘り進めると鉱脈がありそうだけど、マグマ溜まりも近くにある。おそらく同時に露出するから、そうなったら俺らはひとたまりもない」

「なんで分かるのじゃ？」

老人の言葉に、アメシスがツルハシを見せた。

「これに、【熱探知】の力が付いているんだ。そして前方に大きな熱源がある。さっきまではなかったから間違いなく下から噴き上がってきたマグマだよ」

「……ふむ。ならば従おうか。そうやってこの班は今のところ危機を回避しておるからの。皆、南に掘ろう」

老人の言葉に、全員が掘る方角を変えた。

「南からは魔力を感じる。きっと何か埋まっているに違いない。俺が先に進んでいくから、それを広げていってくれ」

そう言って、まるで砂でも削っているかのような軽快さでアメシスが掘り進んでいく。彼がツルハシを振るうたびに、【分解】の魔石が能力を発揮し、岩や土を砂レベルまで分解していた。そのおかげでアメシスの筋力でも簡単に岩を砕けるのだ。さらにツルハシには、採掘時に最も危険とされる有毒ガスを防ぐ【毒耐性】も付いていた。なので、まずはアメシスが先行し、有毒ガスが発生していないのを確認してから他の採掘士達がその坑道を掘り広げていくという方法が確立した。

トリフェンとトパゾはそれを見守りながら、掘って出た石塊や土を運び出していた。【筋力強化】と【スタミナ回復】の魔石のおかげで、本来なら重労働であるはずのその作業も全く苦では無かった。そして坑道が広がれば木の柱で落盤が起きないように坑道を補強していく。そうして掘り進めたおかげで、危険な状態である火山内にもかかわらず、アメシス達の班は事故も起こらず負傷者も出なかった。

それは間違いなく、アメシスとそのツルハシのおかげだった。

「あと少し!!」

アメシスが確かな手応えを感じながらツルハシを振るうと、黒い金属質の岩肌が露出した。その黒い金属は所々に赤い粒が交じっており、間違いなくその特徴は——ラヴァライトだ。

しかもかなり大きな鉱脈だと分かる。全て掘れば……ここにいる全員が一生食うに困らないほどの金になるだろう。

「やった!!……ラヴァラ――」

そう叫ぼうとする子供の口をトリフェンが素早く押さえた。

「声を出すな」

「お前、何を!! その子を放せ!!」

アメシスが怒りながらツルハシをトリフェンへと向けた。

「馬鹿野郎。あいつらが聞き付けてやってきたらどうするつもりだ」

「……どういうことだよ」

「――アメシス。あいつらみたいなろくでなしに、この鉱石を渡してしまって良いのか？ 間違いなくあいつらは掘らすだけ掘らしたら、お前らをここに残して、王都に帰ってしまうぜ」

「それは……」

ありうる、とアメシスは思った。そもそもこの危険な時期に遠征したのも……事故死を装いやすいからだ。そうして後払いになる報酬を払わず、掘れた鉱石分が丸々儲けになるという算段だろう。

「馬鹿らしいと思わないか？ どっちみち早く脱出しないと、ここも危ないぞ。今なら混乱に乗じて抜け出せる」

「確かに……でもあんたらが俺達を騙している可能性もある！」

アメシスがそう言ってトリフェンを睨む。

「だよなあ……俺だってそう思う。でもな、こいつを見ろ」

そう言って、トリフェン達が魔石の埋まった山刀をアメシスに見せ付けた。

「アレクの旦那の下で働いている……といえば分かるだろ。ま、それすらも疑うなら話は終いだが」

アメシスとトリフェンが無言でしばらく睨みあったが、アメシスが口を開いた。

「どうするつもりだ」

そのアメシスの言葉に、トリフェンが獰猛な笑みを浮かべ、こう言い放った。

「この鉱石を俺らだけでこっそり掘って運んで……竜車を奪って王都に戻るぞ。あいつらの悪行については既に証拠をいくつか掴んでいる。あとは、生きた証人としてお前らを生還させれば俺らの仕事は終わりだ」

「……信じるぞトリフェン」

「おう、任せろ。うっし、トパゾ、お前は脱出経路を確保しろ！　俺は掘るのを手伝う！」

「了解っす！」

こうして、アメシスとトリフェン達は他の鉱石で採掘したラヴァライトを覆うと、急いで坑道から抜け出し、竜車が停まっている火山の麓を目指す。トパゾは先行し、竜車を奪う算段だ。

それから一時間後。

「走れ!!」

トリフェンが殿を務め、アメシスの班の老人や子供達が、トパゾが奪った竜車へと走る。採掘したラヴァライトは既にその中に運び込まれていた。別の竜車にも他の班の者達や彼らが掘り出した鉱石を乗せている。それはアメシスが言い出したことだった——自分達だけ逃げるのは良くないと。

トリフェンは甘いと笑ったが、結局アメシスの指示に従った。

「貴様ら待て!! くそ！ 誰か！」

残された監督官達がそれを追いかけるが、一人残ったトリフェンの出す殺気と圧力の前に飛び出す気概はないようだ。

そもそも、そういった荒事を担当させるために雇ったはずのトリフェン達が寝返ってしまえば、そうなるのは自明の理だった。

「ガキと老いぼれしかいないと思って、戦力になる人間を連れて来ていません！」

「だから獣人を雇うのは反対したんだ!!」

わめく監督官達だが、不気味な地響きが鳴ると共に火口から轟音と共に再び噴煙が上がった。

「じゃあな！ 頑張って逃げろよ～」

トリフェンが走り出した竜車から手を伸ばすアメシスの腕を掴むと、竜車に飛び乗った。

「ありがとうトリフェン。あんた顔は怖いけど、良い奴だな」

アメシスの言葉に、トリフェンが頭を掻いた。

「うるせえ。偉そうなこと言いやがって」

トリフェンはそう言うものの、その顔には笑みらしきものが浮かんでいた。

「さあ帰ろうぜ——王都へ」

十四話【商人ギルド長アルマン】

王都──魔石屋アレキサンドライト。

「今頃、アメシス達は着いている頃かな？」

「おそらく。トリフェン達が付いていますので、万が一、があれば脱出するでしょう」

「うん、そこの心配はしていないよ」

ベルと話しながら、アレクが客から返却された魔石の修復をしていると、店の扉が開いた。

「いらっしゃいませ」

ベルが接客しようとそちらへと視線を向けた。そこには、豊かな髭を蓄えた、ステッキを持つ中年男性が立っていた。

「ふむ……店構えは三流だが……売っている物は中々に興味深い」

不躾な視線を店内とアレク達に注ぐと、その中年男性はずかずかとアレクがいるカウンターの方へとやってきた。

「私の名はアルマン。それ以上の自己紹介は必要かね？」

そんな言葉を吐く、中年男性──アルマンを見て、アレクはこの人とは一生仲良くなれそうにないなと感じたのだった。

「何かご用でしょうか」

アレクが営業スマイルを浮かべ、アルマンへと向けた。サンドラは睨んでいるがいつものように何かを言い出す様子はない。

「ここの店、私の記憶が正しければ……レガードの店だったはずだが。君のような子供が何をしている？」

明らかに蔑んだような表情で見下すアルマンを見て、アレクはため息をつきながら、それに答えた。

「開店日の前日に、出店の届け出はしましたが？　店を正式に譲渡してもらった書類もあります」

「それは国に対してだろ？　商人ギルドにそういった報告は一切なかったと思うが。加入手続きすらしていない」

「その必要性が今のところないと感じましたので。見ての通り、アルマン様の商会に比べたら零細店ですし」

そう言ってアレクが肩をすくめた。いつか、こうなることは分かっていた。分かっていたのなら対処はできる。

「そういう問題ではないんだよ。商店をやる以上は、商人ギルドに入るのがこの王都では常識なのだ」

「レガードさんは入っていなかったようですが？」

それを聞いたアルマンがステッキの先をアレクへと向けた。ベルはすぐにそれがただの脅しだと見抜き、微動だにしなかった。こういう状況は既に想定済みだ。彼女は、絶対に手を出さないようにとアレクに厳命されていた。そしてサンドラには何があっても喋るなと言っておいた。

一の言葉を百に解釈しかねない男に、サンドラの歯に衣着せぬ物言いは、この場合はあまり良い方向には転がらないと思ったからだ。

「あまり大人を舐めない方がいいぞ、小僧」

アルマンが低く脅すような声を出すが、アレクは笑顔を崩さない。

「店が大きくなって、懐が温かくなりましたら検討しますよアルマン様」

アレクはそれで話は終わりとばかり、立ち上がり、店の扉の方へと手を向けた。

「ふん、まあいい。今日は挨拶だけにしておこう。近日中に、商人ギルドに加入すること。しなかった場合は……さてどうなるやら」

そう言って、アルマンが邪悪な笑みを浮かべた。去ろうとするその背中に、アレクが声を掛けた。

「あー、そういえばアルマン様。聞いた話によると、何やら採掘遠征を仕切っていらっしゃるとか。この時期にキーリヤとは流石はアルマンディ商会ですね。僕だったら怖くてとてもできないですよ」

「……何の話かね？」

振り向きすらせずアルマンはそう言って、店から去っていった。

「マスター」

アルマンが去ったあと、ベルがまっすぐにアレクを見つめる。

「どうしたの？」

「……意外とマスターって負けず嫌いですね」

そんなことを真顔で聞いてくるので、アレクは思わず笑ってこう答えた。

「あはは……さてどうだろうね。でもああいう大人は大っ嫌いだよ」

＊＊＊

それから数日後。

魔石屋アレキサンドライトの店内に、粗野な声が響く。

「なんだこのチンケな店は!?　客舐めてるのか!?　責任者出せやコラァ！」

「ジロジロ見てんじゃねえよ！　ここで暴れるぞゴラァ！」

いかにも、荒くれ者といった雰囲気の男二人組が店に入るなり早々に声を荒らげていた。

「はあ……これで何人目？」

ため息をついたサンドラが慣れっことばかりに、カウンターに突っ伏した。ベルがアレクへと視線を送るが、アレクは首を横に振った。

「七人目、かな。法外な値段の会費の要求に、言いがかり、そして営業妨害……嫌になるね」

「……私が行こう」

アレクがサンドラに答えていると、カウンターの前の席に座っていた青い髪の女騎士――セレスが、周囲の客を怒鳴って威嚇している男達へと向かった。

「はん、客もへなちょこばっかりだな!!」

「――貴様ら、人様の店で何をしている」

セレスの低い声が響く。

「あん!? なんだ女! 装備だけやたら豪華だが、それがどうした!」

「あ、アニキ! あれ、〝蒼の獅子〟の紋章じゃ……」

片方の男がセレスの胸甲の紋章に気付き、怖気づく。

「……ちっ! だからなんだ! 俺は〝竜爪団〟の幹部だぞ! 女騎士なんかにビビってられるか! どうせ見た目だけで採用されたお飾り騎士の――ひっ!」

男の首に鞘に入ったまま剣が突きつけられた。セレスから怒気と殺気が放たれる。その剣の柄には二つの魔石が怪しく光っていた。

「誰が――お飾り騎士だって?」

「あ……いや……」

「青髪に柄の宝石――あ、アニキ!! こいつ……いやこの御方は……あの〝空斬り〟セレスですよ!!」

「っ!! 今日のところはこれで許してやる!! じゃあな!!」

そう言って、男達が去ろうとする。

「あ、逃げた」

男達が慌てて外へ出ようとした瞬間、扉が勢いよく開いて男達に直撃し――二人して床へと倒れてしまう。

「ぎゃ!!」

「あ、悪ぃ。でも前を見てないお前らが悪いよな？　あたしは悪くない」

「てめえ!!　ぶっ殺すぞ!!」

男は扉を開けたのが、誰かも確認せずにそう言い放った。そして――それはおそらくこの場ででき る、最もやってはいけない行為だった。

「あん？　おいおい、誰を殺すって？　もっぺん、目を見て言ってみろ」

そう言って、男の胸ぐらを掴んで持ち上げたのは――赤髪の美女だった。

「あ……ああああああ!!　お、お前は!!　は、〝紅百の機手《ハンドレッド》〟!!」

「おう、正解――だっ!!」

そう言って赤髪の美女――ディアナが男を店の外へと放り投げた。セレスは、無数の糸がディアナの袖から出ていたのを見逃さない。

「あ、アニキ！」

店外に放り出された男を追いかけて、もう一人の男も慌てて店から飛び出す。

「あたしにケンカを売るなんて良い度胸だ。いいぜ、買ってやるよ」

ディアナが嬉しそうに舌舐めずりすると、店から出ようとする。

「やりすぎるなよ」

セレスが一応忠告するが、ディアナはひらひらと手を振るだけだった。

「騎士様の前で、無茶はしないさ」

扉が閉まり、表で悲鳴が上がる。

「あーあ……どうせまたアルマンの手先だろうけど、尋問したところでアルマンとの関係は見えないでしょうね」

サンドラの言葉にアレクが力無く頷いた。嫌がらせをしてくるだろうと予測はしていたが、こんな直接的な方法でしてくるとは思わなかった。

「私が手を貸そうかアレク。セラフィ様の名前を出せば……」

見かねたセレスがそんなことを言い出すが、アレクは首を横に振った。

「いや……それは最終手段です。お客さんに頼る前に、自分で何とかしてみますよ」

「無理はするなよ」

「ええ。それに――」

アレクは表のショーウィンドウ越しに、こちらに背を向けて立つ、とある二人組の姿を見た。

「どうやら、ようやくこちらからも……打って出られそうですよ」

それは無事王都に帰還した、トリフェンとトパゾだった。

「さあ反撃開始といこうか」

アレクの顔には笑みが浮かんでいた。

＊＊＊

王都――アルマンディ商会アルマンの館、会長室。

その豪奢な部屋の奥にあるデスクに座る中年男性――アルマンが部下の報告を聞きながら爪にヤスリをかけていた。

「キーリヤ砂火山が噴火した？」

「はい……遠征班は全滅した……と思われます」

「ふん、無駄金を使ったな。どうせ死んでも惜しくない奴しか行かせてないのだろ？」

くだらないとばかりに、アルマンが爪のカスを息で吹き飛ばした。人が数十人死のうが、関係ない。そういう立場にいるという自負がアルマンにはあった。それが傲慢以外の何物でもないことに、彼は気付いていない。

「はい……あと、これは未確認情報なのですが……遠征に参加した者のなかで採掘士だけが帰還したとか」

その言葉を聞きアルマンはここで初めて、視線を部下へと向けた。

「どういうことだ？」

「そ、それが！　どうやら竜車を奪われたようで……あ、いえでもまだ確定したわけで――」

「馬鹿野郎!!　そいつらがうちを訴えたらどうするつもりだ!!」

アルマンが怒声を発した。この部下は何をのんきなことを言っているんだ？

「あ、いや……しかし……」

「今すぐそいつらを見つけ出して、示談交渉しろ！　金はある程度使って構わん！」

「は、はい!!」

部下が慌てて、部屋から飛び出していくのを見届けてから、ヤスリをデスクへと叩き付けた。

「無能が!!　採掘禁止時期の遠征はリスクがあるから徹底しろと言っただろうが!!」

アルマンは怒りながらも冷静に、今回の損失を計算していく。帰還が事実ならば、かなりの金額を積むことになるかもしれない。なんせ、彼らは当然、騙そうとしていたこちらの意図に気付いている。交渉が難航することは、素人でも分かる。

「いっそ……殺すか」

アルマンは思わずそう呟いてしまったその言葉に、自分でも驚いていた。昔の自分なら絶対に言わなかった言葉だ。だが最近はとある人物の影響で、そういう思考が出てきてしまう。

「あのメイドに、頼んでみるか……いや、弱みを見せるのは悪手か」

深く思考しているせいで、アルマンはそのノック音に気付かなかった。

「――アルマン様。失礼します！」

アルマンの返事を待ちきれず、部下の一人がそう言って扉を開けた。

「なんだ！」

思考を中断された怒りを込めた視線で、部下を見つめるアルマンだったが、部下の慌てたような表情に、嫌な予感がした。

「どうした」

「それが……あの……例の店の店主が」

なぜか歯切れの悪い部下の言葉に、アルマンは苛立つ。

「例の店？　はっきり言え！」

「ま、魔石屋アレキサンドライトの店主のアレク様が！　アルマン様と大事な話があると！」

その言葉に、アルマンが激怒する。

「この、一大事にあんなガキと話すことなんてあるか!!　すぐに追い返せ!!」

なぜこいつはそんなことも分からないのか。アルマンは、この部下を即刻クビにしようと決意した。アレクの名は、今アルマンが一番聞きたくない言葉だったのだ。何度、嫌がらせをしてもどこ吹く風。平然と営業を続けているその姿に虫唾が走る。

「そ、それが……その……どうもキーリヤ砂火山の遠征からの帰還した採掘士のうちの数人が……アレク様の知人のようでして」

「……は？」

「その件で、〝是非お話ししたい〟、と……えっと……これ、凄くマズイですよね」

アルマンは、鏡を見なくても、顔が青ざめていくのが分かった。

「どど、どういうことだ……なんでここでアイツの名前が出てくる!!」

「分かりません！　ですがここで追い返したら……大変なことになるかと」

「……適当に時間を稼げ！　その間に対策を練る！　館を適当に案内しろ！　絶対に帰すなよ！」

「は、はい!!」

部下が再び、出て行ったあと、アルマンが吼えた。

「なんでこんなことになった!!」

それに答えてくれる者は――誰もいなかった。

それから数十分後。

「は、入れ！」

アルマンは精一杯の虚勢を張り、そう声を出す。

「失礼します」

そう言って入って来たのは一人の子供とその召使いらしき少女だ。

分かっている。なにかの間違いであればどれだけ良かったか。だが、あの生意気そうな顔を忘れるわけがない。あれは魔石屋アレキサンドライトの店主――アレクだ。

「お忙しいところ、御時間をいただき恐縮です。いやあ素晴らしい建物ですね。お陰様ですっかりこの館について詳しくなってしまいました」

そう言ってアレクと召使いの少女――ベルが慇懃にお辞儀する。白々しいその態度にアルマンは苛立つも、それを何とか面に出さないように抑える。こちらが時間稼ぎに館の案内をしたことに気付いているのかいないのか。その笑顔からはなにも読めない。

「用件を言え。まあ、想像はつくが」

アルマンはあくまで余裕の態勢を崩さない。たかが、商人ごっこをしている子供に過ぎないが、隙を見せるつもりもない。

「ええ。実は僕の店のお客様で、アルマンディ商会が仕切っている採掘遠征に参加された方がいまして」

「それで？」

「そのお客様が大変ご立腹でして……採掘士ギルドを巻き込んで、アルマンディ商会を訴えると仰っているので……」

「それで？」

そんなことは分かっている。まさかわざわざそれだけを言いに来たわけではあるまい。

「……僕ならばその訴え、取り下げさせることができる、ということをお伝えしようとやってきました。流石のアルマンディ商会でも、今回の件はかなりの大事かと思いまして」

アレクは目を細めた笑顔を崩さない。アルマンは、苛立ちを含ませた声を上げる。

「くだらん。お前はこの私にこう言いたいのだろ？　訴えを取り下げてやるから、頭を下げろと」

「――ええ、その通りです。くだらない嫌がらせも止めていただきたいと思っています」

強気なその発言から、その考えを読もうとアルマンが思考する。

まず、先述の話が事実だとして、証拠も握られている場合。これは、アルマンとしてはかなり良くない状況だが、逆に言えば、交渉次第では訴えを揉み消せる。

次に、先述の話は事実だが、証拠もなにも持っておらず、ただのハッタリだった場合。この場合は突っぱねるのが正解だが、証拠を持っていないと確信できるほどの情報が手元にない。

　ここで、アルマンは思い出す。そもそもなんでこんな子供相手に自分がわざわざ圧力を掛けねばならないのか。全部――あのクソ王子のせいだ。

「――お前は王族御用達の、アルマンディ商会を、この私を……敵に回すつもりなのか」

「いえいえ……まさか。だからこうしてわざわざご挨拶に来たのですから。アルマン様のことを思っての行動と思っていただければ。ですが僕も商人の端くれ。交渉の勉強もさせていただければなあと」

　喰えないガキだ。アルマンの中で苛立ちが募り、限界に近付いていていた。

「良いだろう。話だけは聞いてやる」

「ありがとうございます。簡単な話ですよ……今後は商人ギルドもアルマンディ商会もそれに類する他組織も、僕及びその店舗と周囲の者達へ干渉をしないでいただきたいだけです。小さな店舗ですから、放っておいてくださっても問題ありませんよ？　そうしていただけると、契約を交わせるのであれば、採掘遠征の件……無かったことにいたします」

「……黙れ」

「はい？」

「――黙れクソガキ！　大人しく聞いていれば調子に乗りやがって!!　大人を舐めるなよ小僧!!　こちとら後ろには王族がいるんだぞ！　そもそも貴様は既にかの王子に嫌われているからな！　本気で私と王族を敵に回してタダで済むと思っているのか!?」

アルマンが激怒したのを見て――アレクが作り物ではない、本当の笑みを浮かべたことに、アルマンは気付いていない。

「――へえ。王子が……ねえ。なるほど……色々と見えてきましたね」

「帰れ‼　訴えられるものなら訴えてみろ‼　全部俺が揉み潰してやる‼　王族の力を使ってでもな！」

「アルマン様とユーファ王子の力で、違法な遠征と強制労働の訴えを揉み潰すと。そう仰るのですね」

「そうだ‼」

アレクがチラリと視線を召し使いの少女に向けると、少女は無表情のまま小さく頷いた。

「ありがとうございます。確認が取れたようで何よりです。では、失礼します」

そう言って、アレクとベルはそそくさと去っていった。

アルマンは怒りで冷静さを失っていたせいで気付いていなかった。否、気付けるわけがなかった。

アレクがベルに、とある魔石を使わせていたことを。

十五話【反撃開始】

王都に夜の帳が降りてきており、魔石屋アレキサンドライトは既に閉店して、灯りも落としていた。

「さてと……思わぬ名前が出てきたね」

カウンターの上で眠りこけるサンドラを撫でながら、アレクがため息をついた。まさか、またこの国の王子に頭を悩まされるとは思わなかった。

「アルマンディ商会と王家が繋がっているのは当然ですが……アレク様暗殺がユーファ王子の指示である可能性が高くなりました。おそらく、アルマン氏は暗殺には関わっていないと思います。暗殺に失敗したユーファ王子は、今度はアルマン氏を使って圧力を掛けてきた……と考えるのが妥当でしょう」

ベルがそう言いながらアレクのカップに紅茶を入れた。

「はあ……魔石を売っているだけなのになあ」

「仕方ありません。それだけ魔石の力が認められつつあるということです。ただユーファ王子がなぜ、アレク様を狙うのか……そこが不明瞭ですね」

「ジェミニ王子のことを恨んで……じゃないかな」

「ユーファ王子の評判を聞く限りではそういう人柄には思えませんが。いずれにせよ相手が王族となると厄介ですね」

「あんまり気が進まないけど、セレスさんに協力を仰ぐ必要があるかも」

「そうするべきかと。セラフィ王女の後ろ盾を得れば、こちらもやりやすくなります。マスター、色仕掛けでも何でも使って何とかセラフィ王女を味方に引き込みましょう」

ベルの言葉に、思わずアレクは紅茶を噴いてしまい、むせて咳き込む。アレクの目の前にいたせいで紅茶が掛かり、起こされたサンドラが恨みがましい目でアレクを見つめた。

「ちょっとアレク……何すんのよ」

「ゲホゲホ……ベル、今なんて言った!?」

「セラフィ王女をたらしこんで、後ろ盾になってもらいましょうと言いました」

「……相手は王女だよ？」

アレクが引き攣った笑みを浮かべるが、ベルは真面目な表情のまま言葉を続けた。

「マスターなら、やれます。自信を持ってください。私が保証します」

「そんな自信ないってば！」

「アレクは昔からそういうの、疎いもんね～。村にいた時も幼馴染みのベアトリクスって子とねえ」

「サンドラ、その話は今は無し!!」

「いいじゃない、減るもんでもないし」

サンドラが意地悪そうな声を出してアレクをからかう。

「その話詳しく」

「ベルも乗らないの!!」

アレクの剣幕に、ベルは反省したフリをして言葉を続けた。

「いずれにせよ、王女の協力は必須。今後のことも考えれば悪くないかと。王家御用達の看板は商人にとって一つの到達点ですから」

「……そうだね。セレスさんにそれとなく相談してみよう。まずはアルマンディ商会を何とかしないと」

「それについては、既に水面下で動いております。証拠もトリフェン達が集めてくれましたし、採掘士達もアルマンが手出しできないように安全な場所に匿って、トリフェンに護衛をさせています」

ベルの言葉を聞いてアレクが頷いた。にしても、本当にベルは優秀だ。いつかまた、何かの形でディアナさんに恩返ししないといけないな、と思うアレクだった。

「あとは……マスター次第かと」

「うん。交渉が決裂した以上は、やるしかないね」

「では——始めますか」

ベルの言葉に、アレクが頷いた。

こうして、アレクによるささやかな反撃が開始されたのだった。

＊＊＊

数日後。

王宮内――王国騎士団、〝白の天秤〟騎士長室。

「ふむ……これは確かにその証拠に他ならないな」

低い声が響く。アレクとサンドラ、ベルの三人がその部屋の奥にある机の前に立っており、この部屋の主が資料に目を通し終わるのをジッと待っていた。

王国騎士団の中でも、法と正義を司る〝白の天秤〟の騎士長ウヴァロが、アレクが提出した証拠品である書類や帳簿などを机の上に置いた。厳格そうな顔に、少し白髪が交じった豊かな髭を蓄えたウヴァロは一見すると優しそうな印象を受けるが、苛烈であり、情け容赦なしと評判の〝白の天秤〟の騎士長がただそれだけなわけがない。

アレクは、改めて気を引き締めた。

「アルマンディ商会による違法採掘遠征。まったく……だから儂はあの男は好かんと散々言ったのだが……」

ウヴァロがため息をついた。この目の前の若き店主が提出してきた証拠品には間違いなくアルマンディ商会の魔力刻印がされており、偽装された物ではないのが分かる。

「生き残った採掘士達の証言もあります」

アレクのその言葉に、ウヴァロが頷いた。

「部下に、聞き取りしたものをまとめさせている」

ウヴァロがそう言った瞬間に、扉が開いた。

「ええい！　放せ!!　私を誰だと思っている!!」

それは、ウヴァロの部下の騎士に連行されてきたアルマンだった。

「おや、アルマン様。偶然ですね」

アレクが白々しくそう言って、頭を下げた。

「お前は!!　やはりお前の差し金か！　ウヴァロ！　貴様も何を血迷った！　こんなガキの言葉に踊らされよって！」

「アルマンディ商会会長ニール・アルマン。これらの帳簿や資料は間違いなく貴公の商会の物のようだが？」

ウヴァロがそう言って、アルマンに見えるように資料を掲げた。

「それとも、貴公の商会は、自身の魔力刻印まで売っているのかね？」

「あ、いや……それは……」

「さらにユーファ王子の名前を出して、脅迫したという証言もあるが。これが本当であれば、王家の威光を無断で行使したことになるが」

「で、デタラメだ！　証拠はあるのか!!」

唾を飛ばしながら叫ぶアルマンを見て、アレクが丸い黒色の宝石をウヴァロへと渡した。

「ウヴァロ様。これに魔力を込めてみてください」

「ん？　これは？」

「証拠ですよ」

「ふむ」

ウヴァロが手の中の宝石に魔力を込めると――

『帰れ!!　訴えられるものなら訴えてみろ!!　全部俺が揉み潰してやる!!　王族の力を使ってでもな！』

『アルマン様とユーファ王子の力で、違法な遠征と強制労働の訴えを揉み潰すと。そう仰るのですね』

『そうだ!!』

宝石から、アルマンとアレクの声が響いた。

「ほお……興味深いな」

「な……なんだ今のは!!　なぜ私の声が!!」

目を細めるウヴァロに、アレクが説明していく。

「それは、僕が作った【録音】と名付けた魔石です。発動させると、一定時間周囲で発せられた音を吸収し蓄える力を持っています。そして魔力を込めるたびに――その音を再び放つことができます。簡単に言えば、音の召喚魔術ですね。術者の任意のタイミングで、予め記憶させた音を召喚する」

「嘘だ！　そんな魔術も魔具も聞いたことがない！　ウヴァロ、それはこいつが偽装したものだ!!　私がそんなことを言うわけがない！」

アルマンの必死な懇願を聞いて、アレクがベルへと目配せをした。するとベルは右手に埋めていた、ウヴァロに渡した【録音】の魔石と全く同一の物を取り出し、アレクに渡した。

アレクがそれに魔力を込める。すると――

『嘘だ！　そんな魔術も魔具も聞いたことがない！　ウヴァロ、それはこいつが偽装したものだ!!　私がそんなことを言うわけがない！』

そこから、先ほどのアルマンの発言が再び発せられた。

「まさか僕が、アルマン様の言葉を一字一句予想して、予め用意していた……とでも言うつもりですか？」

「嘘だ……」

アルマンは身体から力が抜け、膝が床についた。

「ニール・アルマン。王家御用達の商人である貴様が王族の名を使って脅迫をした……この罪の重さを分かっているのか？」

ウヴァロの声はまるで死刑宣告のようだ。

「ち、違う……違うんだ！　私は！　ユーファ王子の指示で!!」

「さらに、王子へと罪をなすりつけるとはな……連れていけ！　あとでゆっくりと尋問する」

ウヴァロの命令によって騎士がアルマンを連れて行こうとするが――

「ま、待ってくれ!! アレク! 同じ商人のよしみだ! 助けてくれ! 私は無実だ! これは全部王子が仕込んだことだ! 助け――ギャッ!」

抵抗するアルマンを騎士が剣の柄で殴った。その様子を、アレクはジッと見つめていた。その顔には何の感情も浮かんでいない。

「ざまあみろだわ」

サンドラが小さく呟いて、片目を瞑って舌を出した。

「サンドラ。ダメだよ」

アレクがそれを窘めた。

「さて……アレク。ご苦労だったな。これらの証拠、証言が全て本当だとすれば……アルマンの処刑は免れないだろう。ただし、一つ言っておく。商人ギルドのギルド長であり、かつ王家御用達である商会の会長ともなると……即処刑というわけにはいかん。処刑執行までおそらく短くても一年……長ければ五年以上は掛かるかもしれん」

ウヴァロの言葉は、アレクの予想の範囲内だった。アルマンほどの地位の人間だ。即処刑すれば当然混乱が起こるだろう。

「構いません。僕はアルマン氏が憎いわけではありませんから。しかるべき罰が与えられたのならそれで良いのです」

「そうか。なら良い」

さて。ここまでは概ね予定通りだ。アレクはお腹に少し力を入れた。せっかくセレスさんのおかげで【白の天秤】の騎士長とこうして会って話すことができたのだ。このまま終わるのは——商人としては少々勿体ない。そう思考して、アレクが口を開いた。

「ところで、ウヴァロ様。一つご提案が」

「ん？　なんだ？」

「【録音】の魔石の有用性は分かっていただけたと思うのですが……この魔石、〝白の天秤〟で使いませんか？」

アレクはそう言って、飛びっきりの笑みを浮かべたのだった。

「この……魔石だったか？　をこの騎士団で買えと。そう言いたいのか？」

ウヴァロの低く重い声が響く。

「まずはお試しということで、無償でお貸しますよ。それで改めて有用性を吟味していただいて、必要だと感じていただけたら、改めて交渉……というのは如何でしょう？」

「……確かに、この【録音】は有用であると認めよう。なんせ、我々は日々犯罪者やそれに類するものと戦っている。奴らだけではなく、悲しいながら騎士団内部でも、言った言っていないで揉めることは日常茶飯事だ。その魔石があれば、問題の一部が解決するかもしれん」

アレクはウヴァロの言葉に頷いた。

いつぞや、無実の罪でこの騎士団に拘束された時のことをアレクは思い出した。あの時、他の人の尋問を見ていたが、証言がバラバラであったり、それを後からまとめるのに苦労している騎士の姿を見て、【録音】という発想に至ったのだった。

そして、ウヴァロのような厳格な騎士長は、一度使うと決めれば、長い付き合いになる可能性が高い。幸い量産するための原材料はたくさんある。もし契約まで持っていければ結構な取引額になると踏んでアレクはこうして交渉を持ちかけたのだ。

「〝白の天秤〟の騎士長である儂に取引を持ちかけるとは……恐れはないのか？　儂であれば簡単に貴様を処刑できる上に、その【録音】とやらも押収することができるのだぞ。そんな儂相手に商売をしようなど……この国の商人ならやろうとは思っても行動には移さないだろう」

厳格なる法の番人。その体現者とでも言うべきウヴァロの言葉に、しかしアレクは笑みを崩さない。

「はい。だからこそ、ですね。誰もがやることをしていては……商売にはなりませんから。それにウヴァロ様は信頼に値する人だと思ったからこその取引です」

「……ふはは！　面白い奴だ。あの古狸をやり込めただけはあるな！　これは〝白の天秤〟の騎士長ではなく儂個人の発言だが……あの狸には我々も苦労していた。よくやった……と褒めておこう」

「ありがたき御言葉」

アレクが頭を下げると、ウヴァロが口角を歪めた。

「良いだろう。この【録音】の魔石、まずは使ってみることにしよう。その後、騎士団内の意見をまとめて、必要であれば改めて購入の契約を交わそう。この魔石、何個用意できる」

「必要な数を言っていただければ、すぐにでも用意いたします」

「では、まず二十個だ。明後日に会議があるからそれまでに用意できれば助かるが」

それは、まるでこちらを試すような物言いだが、アレクは怯まない。

「であれば二十個、明日こちらに運ばせていただきます」

「早いな」

「商売は、鮮度が命ですから。まあこれは受け売りなんですけどね」

「では頼んだぞアレク、若き店主よ」

「かしこまりました」

こうしてアレクは、〝白の天秤〟騎士長のウヴァロとの初交渉を終えたのだった。

後に〝白の天秤〟は【録音】を始め、様々な魔石を駆使するようになり、優秀さと公平さによってその名が国内外に轟くことになる。

＊＊＊

王宮内――〝緑柱宮〟

応接間にて、グラスに入れた琥珀色の酒を揺らしながら寛いでいたユーファの下に、一人の騎士が慌ててやってくる。

「お、王子！」

「……お前さあ、ここがどこか分かってんの？　どんな状況だろうと平然としてろよ。小物じゃあるまいし」

ユーファは侮蔑したような視線を騎士に浴びせた。彼はいつでも〝余裕〟というものを大切にしていた。それこそが、この国の人間の上に立つ者が持つべきものだと、常々考えていたからだ。

「す、すみません！　ですが」

「ですが……なんだ」

「〝白の天秤〟のウヴァロ様が……王子にお聞きしたいことがあると、訪問される予定があるそうで」

ウヴァロの名前を聞いた瞬間に、ユーファが顔をしかめた。聞きたいことがある、というやんわりとした言い方だが、それはつまり尋問ということなのだろう。

「あの糞ジジイが……俺に聞きたいこと？」

「はい……なんでもここに出入りしているアルマンディ商会のアルマンが捕縛された件についてだそうで」

「ちっ……あの無能が。捕まったのか」

ユーファは舌打ちするも、まだ平然としていた。いくらアルマンがわめこうが、ウヴァロが動こうが、自分の優位は崩れない。法の番人である〝白の天秤〟には、確かに王族にすら力を行使できる権限がある。おそらく王であっても彼らに正当な理由なく命令を出すことはできない。

当然、王子であるユーファも同様だが、それら全てが建前でしかないことを彼は知っていた。王族に対し、あいつらが牙を剝けるわけがない。だからこそ、まだ余裕を保っていられるのだが、一つだけ気に食わないことがあった。

「なぜ、こんな重大なことが事後報告なんだ？」

「あ、いやそれは……」

「アイツはどこに行った？」

ユーファがそう聞くと、騎士が目を逸らした。王子が、この館に出入りできる者で、アイツと呼ぶのは一人だけである。それは、ユーファに仕えるメイドの一人であり、元暗部の人間ともあって彼が最も信頼しかつ重用していた人物だ。

「わ、私は存じ上げておりません」

騎士がそう言って、後ずさる。その様子を見て、ユーファが立ち上がった。

「おい。もっかい聞くぞ。アイツはどこにいる。すぐに呼べ!!」

ユーファが珍しく乱暴にグラスをテーブルに置くと、立ち上がった。

「あ、いえ……ですから」

言い淀む騎士を見て、ユーファはようやく事態が思った以上に深刻であることに気付いた。

「お前、何か知っているな。さっさと話さないと、その首、斬るぞ」

「い、いや！　私は何も！」

剣を抜くユーファを見て、騎士が顔を真っ青にする。

そんな時に、応接間に少女の声が響いた。

「あらあら……お兄様。ずいぶんと――余裕がないですわね」

応接間に入ってきた第一王女のセラフィが、微笑を湛えながら怯える騎士の横に立った。

「黙れ、セラフィ。お前には関係ない」

「どうしました？　声を荒らげるなんてお兄様らしくもない。まるで、大事な利き腕を無くした剣士のようですわ」

そのセラフィの物言いに、ユーファが目を吊り上げた。

「あー、そういえばお兄様に仕えていたとあるメイドが、直接私に休暇が欲しいと申し出てきましてね。ずっと働き詰めで疲れたとか……なので休暇とついでに国外旅行を与えましたわ」

「お前……まさか……！」

セラフィの物言いに、ユーファが勘付く。

アイツが……自分に内密でそんなことをするわけがない。ということはつまり……この妹に懐柔されたに他ならない。おそらく命の保証を前提に海外逃亡したのだろう。ここ最近、仕事をさせすぎたことが裏目に出てしまった。

何より、それに気付き動いた妹の抜け目無さに怒りがこみ上げてくる。もはや、ユーファの中には〝余裕〟なんてものは一欠片も残っていなかった。

「セラフィ……貴様ああ!!」

ユーファが憤怒の表情で迫り、セラフィへと剣を振り上げた。しかし、彼女は余裕を崩さない。

それが王者の姿と言わんばかりに。

「あら、部下が一人いなくなった程度で取り乱すなんて……お兄様も人間らしいところがあったのですね。ですがそれは——悪手ですわよ？」

その言葉と同時に、純白の鎧を着込んだ数人の騎士達が応接間に入ってきた。その先頭には豊かな髭を蓄えた壮年の男性——ウヴァロの姿があった。

「——いくら王子とはいえ、王家の者に刃を向けるのは……大罪ですぞ。少々——事情を聞かせてもらえますかな？」

ウヴァロの低い声が響き、ユーファの運命は決したのだった。

十六話【それはプロポーズに似て】

王都――魔石屋アレキサンドライト。

「――というわけで、お兄様は今、謹慎していますわ。ふふふ、しかし良いお店ね。エスメラルダの言っていた通りだわ」

セラフィがカウンターに座り、ベルが淹れた紅茶を優雅に飲みながら微笑んだ。その膝の上でサンドラが寛いでいる。

「ええっと……」

アレクは、突然のセラフィの訪問に困惑していた。本来ならこんなところでお茶を飲んでいていい人物ではない。しかし。追い返すわけにもいかず、今に至る。おそらく、セレスやエスメラルダからこの店のことを聞いて、自分だけ行ったことがないという事実に気付いたのだろう。

「あはは、流石セラフィね！　やるぅ」

アレクは苦笑いを浮かべるしかなく、サンドラは嬉しそうにセラフィの上で跳ねた。

「すまないアレク……。一応、やりすぎないようにと進言はしたんだが」

セラフィの後ろには、セレスがすまなそうに立っており、頭を下げていた。アレクが、セレスに事情を相談した結果――セラフィが動き、ユーファ王子は謹慎処分を受けたのだ。

だがアレクは、セラフィは謹慎だとは言うものの、実質的には幽閉に近いのだろうと勘付いていた。もちろん、アレクはそこまでするつもりはなかった。

「あ、いえ！　結果的には何とか日常には戻れそうなので良かったのですけど」

「ふふ……流石はアレク様ね。あのウヴァロ様を味方に付けるなんて」

「話の分かる方でしたよ？」

「下手に欲を出して利用してやろうとか考えていたらすぐに見抜かれて、逆に捕縛されたかもしれないのに。あの方もお兄様には手を焼いていたから、良いタイミングだったのかもしれませんね」

涼しい顔でそう言うセラフィだったが、彼女にとって今回のセレス経由の相談は渡りに船だった。

いつも奪う側だった兄への、ささやかな復讐。アルマンの自供やウヴァロの協力もあって、ユーファが犯罪行為の指示を行っていたことを知ったセラフィはこれ幸いとばかりに、動いたのだ。

だが、たとえどんなに証拠を集めたところで、王族であるユーファを追い込むのは難しかった。

〝白の天秤〟がいくら独立した組織と権力を持っていようと、よほどの証拠がない限り王子であるユーファをすぐに処罰することはできない。

それこそ――同じ王族へ刃を向けるといった、王家反逆罪の現行犯として捕縛でもしない限り。

そこで、セラフィはわざとユーファを挑発した結果……あっさりユーファは剣を向けてしまったのだった。

「兄はあのメイドによっぽど執心していたようで……ざまあみろ、ですわ」

「はあ……」

アレクとしては、ユーファの恨みをあまり買いたくないので穏便に済まそうとしていたのだが、セラフィは思っていたよりもずっと策士でそして何より苛烈だった。

どうにも兄妹仲が悪そうだな……とアレクは小さくため息をついた。だが結果として、アルマンディ商会の嫌がらせも、ユーファからの手出しもなくなり、ようやく落ち着いて商売ができそうで、安心しているのは事実だった。

だが、それもつかの間。

「というわけで……アレク様」

改まった様子のセラフィが真面目な表情を浮かべた。

「はい、なんでしょう」

「アレク様には——貴族になっていただきたいのです」

「へ？」

何を言っているか一瞬分からず、アレクは思わず間の抜けた声を出してしまう。セラフィの背後に立つセレスも、膝の上にいるサンドラも、そして珍しくベルもアレクと同じように驚きの表情を浮かべていた。

しかしそんなことは気にせず、セラフィはこう言葉を続けたのだった。

「あら、だってそうでもしないと——私と婚約できませんもの」

「……えっと……え？」

どれだけセラフィの言葉を咀嚼しても、その意味が分からずアレクが混乱する。それはサンドラもセレスも同様だった。

「こんやく……って結婚するってことよね？　セラフィとアレクが？」

サンドラがセラフィを見上げてそう言うと、セラフィはニコリと笑い返した。

「ええ、その通りよ、サンドラ」

「セラフィ様！　何を仰っているのですか!!」

一拍おいてようやく、セレスはセラフィのとんでもない発言に言葉を返した。

「何って……将来についてだけど」

「そんな大事なことをこんなところでサラッと言わないでください！　そもそもセラフィ様には王が決めた婚約者が既にいらっしゃいますよ！」

セレスのもっともな言葉にアレクが何度も頷く。王族達の間で言われるジョークかなにかだと信じたいアレクだったが、セラフィの様子を見るかぎり本気そうだった。

「あら、あんな無能そうな男、私は嫌よ。それにどうせ、そうするにしても相当な根回しは必要でしょうし。まだまだ先の話よ」

「王が、そんな勝手を許しませんよ！」

「あの、王よ？　自分の息子を勇者だかなんだかと名目付けて国から追いだすような男に何を期待しているのかしら。お兄様が謹慎中の今がチャンスなのよ。王位継承者は今、私しかいないのだから」

「セラフィ様、まさかそこまで考えて」

「ふふふ……」

セラフィが楚々とした笑いを浮かべるが、それをそのまま受け止めることをアレクはできなかった。そもそもただの平民であり、ただの商人でしかない自分を貴族にするというだけでもかなりの無茶なのに、さらに王族と婚約なんて、想像もつかない。

「いや……えっと。僕はセラフィ様に相応しくないと思うのですけど」

「あら？　大丈夫よ。相応しい男になれば良いだけですわ」

「はあ……」

その言葉に、アレクは今日何度目か分からないため息をついた。

本音を言えば、すぐにでも断りたい。自分の将来なんてものはまだ分からないし、考えたこともなかった。このお店を続けていきたいと思っているぐらいだろうか。だけど、もし貴族になって仮にセラフィと婚約したとしたら……待っているのは貴族社会、そして王宮内の政治や策略の数々だろう。

それは、アレクの望むところではなかった。一時の気まぐれであれば良いが、もし本気であれば厄介なことになりそうな予感がしていた。だからこそ、アレクは一度大きく深呼吸すると――口を開いた。

「セラフィ様。とても光栄なのですが――現段階では断らざるを得ないと思います」

アレクの言葉が予想外だったのか、サンドラもセレスも驚くが、ベルは小さくよく言ったとばかりに頷いた。言葉を濁すのならともかく、まさか断るとまで言い切るとはセラフィも思わなかった。

「それは……なぜかしら？」

セラフィが微笑んだままそう聞き返した。

「僕はこのお店を開けたばかりです。まだ先行きも分かりません。セラフィ様の言う相応しい男になるというのがどういうことを示すのかは分かりませんが……少なくとも僕がこれからやりたいことであるとは思えません。今はお店をやることに集中したいので、それ以外のことについては考える余裕はありません」

それは嘘偽りないアレクの本音だった。作りたい魔石はたくさんあるし、まだまだケアしきれていないお客さんがたくさんいた。レンタルで返ってきた魔石の成長度合いも確かめたいし、ルベウスと新しい魔石武器の開発だってしたい。

だから、お姫様の気紛れに付き合っている暇はない――そうアレクは言ったのだった。そしてそれはセラフィにも当然伝わっていた。

「なるほど……私のことよりも、この店が大事だと」

「セラフィ様。アレクは決してセラフィ様を嫌ってそう言っているわけでは……」

セレスが思わず口を出すが、セラフィは首を横に振った。

「構いません。存分にアレク様のしたいようにしていただければと思います。貴族にするというのも少し性急でしたわ。ですが……アレク様はいずれこの国にとってなくてはならない人になります。そうなった時に……貴方はただの店主のままで、貴方自身を、何より貴方の周囲にいる人々を――

守れるのでしょうか。貴族になり、王家に入り、権力を手に入れる……というのもまた、戦い方の一つですわ。そこに愛だの恋だのが入る隙間なんて少しもないのですよ」

そう言うと、セラフィが静かに立ち上がった。

「私は――父が決めた、暗愚な操り人形と結ばれるぐらいなら……自ら見初めた人を、多少強引な手を使ってでも配偶者として認めさせる。それをするぐらいの覚悟はある……とだけ今は言っておきましょうか」

「えーっと……要約すると……アレクのことは諦めないってこと？」

カウンターへと飛び移ったサンドラの言葉に、セラフィはただ笑みを浮かべた。

「アレク様が近い将来、選ばざるを得ない選択肢の一つに……私を利用するという方法を足しただけです。使うかどうか、選ぶかどうかは……アレク様次第、ですわ」

「それは……」

アレクがその言葉に何も返せないでいると、セラフィは背を向け扉へと向かった。

「帰りますよセレス」

「は、はい！」

慌てて付いていくセレスが、アレクに目配せをした。その目線には、〝こちらで上手くやっておくから心配するな〟という意味が込められているような気がしたアレクだった。

こうしてセラフィは去っていった。

この日を境にセラフィは元々決まっていた婚約者に、一方的な婚約破棄を突きつけた。さらに王

宮内でユーファ王子派であった貴族達へと接触を始め、王宮内がにわかに騒がしくなったのだが
——意図的にセラフィがそうしたのか否かは分からないが、アレクの周囲にその余波が来ることはなかった。
「やっとお店に集中できる……」
そんな言葉を吐いたアレクは、ようやく日常が戻ったことに喜んだのだった。

エピローグ【赤い嵐と抱擁】

「いやあ、傑作だな。あの馬鹿王子が謹慎とか面白すぎる上に、王女に求婚されたとか、お前の人生どうなってるんだよ」

カウンターに座って、昼間だというのにビールを飲みながら腹を抱えて笑っているのは赤毛の美女――ディアナだった。それを見たサンドラがカウンターの上でため息をつきながら、言葉を返す。

「もう……大変だったんだから。あ、求婚された話は内緒だからね！」

「分かってるって。しかし王族を敵に回すとはなあ。今は名ばかりの王族とはいえ、その権力は未だ健在だ。くくく……王子二人を始末して、娘まで手込めにされた王の心中たるや……やっぱり傑作だ」

ディアナが不吉なことを言ってカウンター内のアレクを見つめた。そう言う本人が王族をちっとも怖がってる様子がないせいで、アレクは苦笑いを浮かべるしかなかった。

「他人事なら良いんですけどね……。はい、魔石のメンテナンス終わりましたよ」

アレクが預かっていた魔石を専用のケースに丁寧に仕舞うと、ディアナへと渡した。

「ずいぶんと早いな。人形五体分の魔石なのに」

「ベルと同じ型ですからね」

「あー、そういえばベルの姿を見掛けないな」

ディアナが店内をキョロキョロと見回すが、メイドのベルの姿はない。

「お店も落ち着いてきたので、最近は外で色々と動いてもらってます」

「人形の使い方、分かってきたじゃねえか」

アレクの言葉に、ディアナがニヤリと笑った。

「人形をただの召使いに使うのは三流の人形遣いだ。戦闘に使うのが二流。一流は——諜報員として使う。なんせ裏切らないしな。気配もねえし下手な探知魔術にも引っかからねえ。単体戦闘力も十分な上、人間がやりがちなミスも一切ない。何より——無感情で汚れ仕事ができる」

「……別にそんなつもりでやってもらってるわけじゃないですよ」

アレクは基本的にベルからは報告を受けているものの、実際彼女がどんな手を使って何を行っているかを全て把握しているかというと、自信を持ってそうとは言えなかった。

「獣人族の部下も付けて、裏社会でブイブイ言わせてるくせに何を言っているんだか……」

「……裏社会で？」

「おっと、こいつは口が滑った。今、この街の裏社会ではお前の噂で持ちきりだぜ？　王族とアルマンディ商会を敵に回して無傷で勝利した商人がいるってな」

ディアナが嬉しそうに笑った。

「勘弁してください。僕は何もしてませんよ……降りかかる火の粉を払っただけです」

「火の粉どころか、地獄の業火並のやつだけどな。ま、お前ならやれると思ってたよ」

そう言ってディアナがカウンター越しにアレクの肩を力強く叩いた。

「お前の作る魔石ってのはな、なまじ力がある分、厄介事まで生んでしまうんだ。昔から言うだろ？〝宝石には魔が潜む〟って。まさにあの通りでな。そういうもんを扱っている以上は、どうしても厄介な事件や厄介な人間が付き纏ってくるのさ。あたしも苦労したが、もう慣れた。だからお前も慣れろ」

「ディアナさんですら苦労したのですか……」

その言葉は全く慰めにならないが、アレクはそこで、ふと母の言葉を思い出した。

『魔石は幸せと不幸を半分半分で運んでくる。だから、魔石師はその不幸を除き、幸せだけを分け与えられるように努力しなさい』

その言葉を、自分が実践できているとはまだ思わない。

「僕のせいで、不幸になった人がいます。ジェミニさん、アルマン会長、ユーファ王子。その他にもたくさん……なんだか、自分が正しかったなんて思えません」

アレクの言葉を聞いて、ディアナがそれを豪快に笑い飛ばした。

「ばっかだなあ、お前!!　人間生きてりゃ、それだけで誰かが不幸になる!!　不幸にした数以上に、誰かを幸せにしてればそれで良いんだよ!!　そもそも暗殺者の毒にあの女騎士が倒れなかったのは偶然か？　あの第一王女が暗殺から助かったのは運か？　湿気った鍛冶屋が火を取り戻したのは運命か？　不死狩りなんて柄じゃねえ軟弱騎士が仲間を護れたのは必然か？　エルフの王女がお前を慕っているのはただの気紛れか？　採掘士達が危険な火山から帰還できたのはたまたまか？」

ディアナがまっすぐにアレクの瞳を見つめた。

「――なわけないよな。全部お前のおかげだよ。だから、アレク、お前はそういう奴等をもっともっと増やしていけばいい。馬鹿の相手は……あたしに任せおけ。だからドーンと構えてりゃあいい」

ディアナが泣きそうになっているアレクの頭をグッと引き寄せて、その胸に抱いた。

「大丈夫。お前は何も間違ってない。だからそのままま っすぐ……歩んでいけ」

「……はい！」

アレクの返事を聞いて、ディアナがスッと手を離した。

「じゃ、あたし行くわ。最近忙しくてなあ。ああ、そうだ。近々、あたしの知り合いが来ると思うから、よろしくな！　あと、さっきから店の表でうろちょろしてる変な女がいるが……知り合いなら声を掛けてやれよ」

ディアナはそれだけを言い残すと、アレクに返答させる間もなく去っていった。

「……相変わらず、台風みたいな人。でも、良い人だね」

サンドラの言葉に、アレクは泣き笑いながら、同意し、その小さな頭を撫でた。

「ドーンと構えてりゃいい、か。僕もまだまだだな」

「まだアレクは若いんだから、良いの！」

「それもそうか」

「そうそう！　それにしてもディアナが紹介してくれる人ってどんな人なんだろう」

サンドラの言葉に、多分、普通の人ではないのだろうなあ……と思いつつ、アレクは店の外にいる、その変な女とやらが誰なのかを確認するために、店の扉を開いた。

「っ!!　やっぱりアレクだ!!」

そんな第一声を聞いて、アレクは懐かしさと共に、いやそんなわけがないという二つの気持ちに困惑していた。

店の前には、背が高く、冒険者のような格好をした黒髪ショートカットの少女が立っていた。宝石が埋め込まれたハルバードを背負っており、その大きな瞳は紫色で、なぜか涙を溜めていた。

「アレクううううう!!　会いたかったよおおおお!!」

「うわあああああ!?」

アレクの反応速度を遥かに超えたスピードで胸に飛び込んできたその少女の体当たりをまともに受けて、アレクがその少女と共に地面へと倒れた。

「な、なんで君が王都に！」

アレクは倒れた自分の上に馬乗りになった黒髪の少女を見て、そう叫ぶ他なかった。

「アレク!!　僕達の村が大変なんだ!!　お願い、力を貸して!!」

泣きながらそう訴えたその少女の名は、ベアトリクス。アレクの生まれ故郷であるマテリ村の出身でありそして――幼馴染みだ。

アレクはベアトリクスの言葉を聞いて、また厄介事かと頭を抱えそうになった。

平和で平穏な日々は――まだまだ訪れそうにない。

特別書き下ろしエピソード【竜血の姉妹】

王都地下監獄──〝蜘蛛の地下牢〟

王国騎士団の中でも犯罪者を狩ることに特化した騎士で構成された〝赤の蜘蛛〟の拠点。その地下に、その監獄はあった。そこは重犯罪者のみを収容する施設であり、一度入ったら出られないと裏社会の住人からは恐れられていた。

そんな地下監獄内に──警報が響く。

「何の騒ぎだ!?」

この監獄の責任者である所長が怒鳴りながら足早に監獄内を進んでいく。それはこの施設において約五十年ぶりの出来事であり、彼の部下である獄吏達も浮き足立っていた。そんな部下達を叱咤しつつ、この監獄の最も深い位置にある特別房へと辿り着いた彼は、その惨状を目の当たりにする。

「一体何が……起こった」

それを見て、所長は絶句する他なかった。なぜなら厳重に封鎖された特別房の入口一帯が──爆破されたかのように破壊し尽くされていたからだ。地下の淀んだ空気に、焦げた臭いが微かに混じっている。

「この区画は魔術封印されているはずなのに……なぜだ。何をすればこんなことになる」

「ここを任されていた看守がまだ気絶していて詳細を確認できません！」

部下の報告を受けて、所長が苦い顔をする。普段なら、どの牢にどんな罪人が入っているかなどは全く覚えていないが、ここだけは誰が囚われていたか鮮明に覚えていたからだ。

「脱獄したのは……囚人番号二百五十八番か」

「はい……すぐに地上へと報せていますが、もうおそらく地下にはいないかと……」

「何という失態だ!! ただでさえ奴の捕縛は、あの忌ま忌ましい人形遣いに先を越されたというのに!! ええい、すぐに〝狩蜘蛛〟共を解放しろ！」

所長の怒号に、しかし部下が怯えたような声で言葉を返す。

「よ、よろしいのですか？ 奴等の解放は騎士団長の許可がないと……」

「構わん！ 今、そんなことをしている暇はない！ 俺が責任を取る！」

「は、はい！ ただちに！」

慌てて去っていく部下を見て、所長は舌打ちをするしかなかった。この失態が、自身の進退に大きく影響することに気付き、もういっそ全て投げ出したい感覚に囚われてしまう。だが、理性でなんとかその思考を押し殺し、彼は今からできる最善の手段を脳内で模索していく。

「アイマール卿にすぐに伝えねば……」

所長はそう呟いて、この階層の管理室にあった罪人録に書かれた、とある名前を睨み付ける。そこには、こう書かれていた。

囚人番号二百五十八番――〝ルリ・コウナギ〟
罪状――〝貴族殺し〟

＊＊＊

王都――〝貴族街〟

そこは王都の南部にある貴族や大商人達の家が立ち並ぶ区画であり、綺麗に舗装された石畳の通りは静謐な雰囲気に包まれていた。その静けさの中に、乱暴に扉が閉まる音が響く。

「いてて。はあ……失敗だった」

一際大きな邸宅の扉の前で、アレクが尻餅をついていた。今日はサンドラとベルが店番をしており、彼一人である。

「やっぱり貴族相手は時期尚早だったか」

アレクは立ち上がりながら、乱暴に扉から叩き出された際に打った腰をさすった。つい先ほどまで対峙していた貴族――アイマール男爵との会話を思い出すだけで、口の中が苦くなる。

「……勉強代だと思って諦めよう」

アレクが腰に付けたポーチの中身を確かめる。中にあるのは、アイマール男爵から返ってきた、あまり需要がない、数個ほどの魔石だけだ。

きっかけは、アイマール男爵のお抱え冒険者が、アレクの評判を聞きつけて魔石屋アレキランドライトへと来店したことだ。是非、主人であるアイマール男爵に魔石を紹介して欲しいと言われ、先週、一通りの魔石を持ってこの邸宅を訪問した。その際に、〝こちらで独自に選定するので魔石だけ置いて、来週また取りに来い〟と言われ、今日やってきたのだが……。

「大損だなあ……これは。ウヴァロさんに泣きついたところで……どれほど意味があるか」

貴族ならばレンタルなんていうケチなことはせずに、一気に購入してくれるだろうとウキウキしてやってきたアレクを待っていたのは、〝買おうと思っていた魔石が割れていた。こんな紛い物を売り付けるなど、言語道断。本来なら詐欺師として衛兵に突き出すところだが、今回は特別に許してやる。さっさと失せよ〟と言う理不尽な言葉だった。

当然、預けていた魔石は新品であり普通に扱っていればまず割れることはないのだが、アイマール男爵は聞く耳を持たず、さらに返却を要求すると、捨てたとの一点張り。そこでアレクはようやく気付いたのだった。ああ、この人は最初からそうやって魔石を奪うつもりだったのだと。割れたのも捨てたのもきっと嘘で、あの広い邸宅のどこかに隠しているか、宝石と偽って売り払ったか。

「装着の制限も解除しちゃってるし……やられたよ、ほんと」

本来なら、売る前の魔石には装着の制限を掛けており、アレク以外は魔石の付け外しができないようにしていた。しかしアイマール男爵に、それでは選定できないから使えるようにしろと強く言われ、アレクは従ってしまったのだ。まさかこんな強硬手段を、仮にも貴族がしてくるとは思わなかった自分の甘さが今はただただ腹立たしい。

このベリル王国では、貴族達は未だ強い権力を保持しており、王家の威光が弱体化したこともそれに拍車を掛けていた。ゆえに、貴族は手厚く守られており、法の番人とも呼ばれる〝白の天秤〟といえど、確たる証拠がないと貴族については調査すらできないほどだという。アレクが訴えたところで、話だけは聞いてくれるだろうが、すぐにアイマール男爵に揉み消されるのは目に見えていた。

「……切り替えよう。それでもとりあえず報告だけはしないと」

アレクは頬を軽く叩くと、〝白の天秤〟の拠点がある王都東部の〝騎士区〟を目指し歩き始めた。王都南部の貴族街から、騎士区まで抜ける大通りがあるが、ここからだと少し遠回りになってしまう。アレクは近道である裏通りを通ることにした。魔石を奪われたことへの苛立ちが、彼にそうさせたのかもしれない。せめて【録音】の魔石を使用していれば……そんな今さらな後悔をして、アレクは首を横に振って、その考えを頭から叩き出す。

そうやって考え事をしながら裏通りを進んでいたせいで、アレクは何やら騒がしい音が鳴っていることにようやく気付いた。

「……ん？　なんだろ……戦闘音？」

それは刃物同士がぶつかり合う金属音であり、火属性魔術が爆ぜる轟音に思えた。

「マズいな。巻き込まれないうちに抜けよう」

今日は護衛を連れていない。治安が良く、騎士区も近い貴族街で騒ぎを起こす馬鹿はいないだろうと思っての判断だったが、どうも今日は全てが裏目に出ているような気がするアレクは、足早に裏通りを進む。早く帰ってベルの淹れた紅茶をゆっくりと飲みながら、サンドラに愚痴を聞いてもらおう。

「……血の臭いだ」

だが裏通りの途中でアレクはその、トラブルの元でしかない臭いに気付いてしまう。目の前には東へと続く小さな路地があり、そこで曲がる予定はない。気付かないフリをしてそのまま直進すれば良いだけだ。だが、彼は血の臭い漂う路地を――覗き込んでしまう。

「っ！」

そこには、血まみれの女性が壁にもたれて座り込んでいた。その周囲の血溜まりを見れば、かなりの出血量であることが分かる。だが微かに上下する胸を見て、アレクは地面を蹴った。

「大丈夫ですか!?」

そう声を発してアレクがその女性へと駆け寄る。どう考えても面倒事でしかないし、無視した方が良かったのは分かっていた。それでも……目の前に倒れている人がいれば助けようと動いてしまうほどに、彼はまだ純粋でそして善人だった。

「はあ……はあ……なんとか……ね」

そう答えた女性は、アレクが思わず一瞬見蕩れてしまうほどの美人だった。砂色の肌と、路地に僅かに差す陽光によって深い緑にも見える黒髪。その特徴を見るに、彼女がこのベリル王国周辺の出身でないことが窺えた。その長い黒髪を後頭部で一括りにしており、その先端がまるで尻尾のように垂れている。

「動かないでください！　すぐに回復魔術をかけます！」

アレクが腰に差していた護身用の短剣を抜いた。短剣はあらゆる魔石と相性が良く、アレクもその都度魔石を付け替えていた。そこには、相変わらず用途不明の【空白】の魔石と、日常的に便利な【回復魔術】の魔石が嵌められている。

「――【ミド・ヒール】」

アレクの短剣から淡い光が放たれ、女性へと注がれた。それは、いわゆる中級回復魔術であり、よほどの大怪我でなければ傷口を塞ぎ、治癒できる。

「ははは……こんなところで回復術士に遭遇するとはね……私もまだツキに見放されてないようだ」

そう言ってその女性が、よろよろと立ち上がった。所々が鉄板で補強された、異国風の衣装に、腰にはやけに細く長い剣が差してあった。その鞘には五枚の花弁を持つ花の意匠が入っていて、武器というよりどこか芸術品めいた雰囲気を纏っている。

「助かったよ少年、恩に着る」

彼女が、そのまま路地裏を進もうとするので、アレクが慌ててそれを引き留める。

「あ、ちょっと待ってください！　今のはあくまで応急治療ですよ！　すぐに術院に行きましょう！」

アレクが、回復術士や医術士のいる術院へ行くことを訴えるも、なぜか彼女は力無く首を横に振った。

「そうはいかない事情があってね……傷が塞がれば十分だ」

「駄目ですって！　こんなに血を流して平気なはずがありません」

「ん？　ああ……本当だ。君、絶対に——火属性魔術を使ったり、その短剣で壁や地面を擦ったりしたらいけないよ」

彼女は、自分が座っていたところにできた血溜まりや壁の血痕にようやく気付く。そして目を細めて、そうアレクに忠告したのだった。

「へ？　それはどういう意味で——っ!?」

アレクが聞き返そうとしたその時、風切音が裏路地に響く。上を見上げると、矢が二本こちらへと飛んできており、どう見ても、そのうちの一本はアレクを狙ったものだ。そしてそれは、視認することはできても、戦闘に不慣れな者には反応することが不可能なほどの速度で迫りくる。

「ちっ、もう追い付いた……か！」

その言葉と共に、女性が腰の鞘から剣を抜刀。そのまま弧を描くように振り払い、矢を二本とも斬り落とした。その銀色に光る見事な曲剣と、冴え渡る剣術に、アレクは命の危機にもかかわらず思わず見入ってしまった。

「仕方ない——逃げるぞ、少年」

「へ？　って、うわあああ！」

まるで荷物か何かのように、小脇に抱えられたアレクが悲鳴を上げると同時に、女性が地面を蹴って飛翔。二人が立っていた位置に無数の矢が飛来し、鏃が血溜まり近くの地面へと当たると——路地裏が爆発した。

＊＊＊

「巻き込んでしまったな、少年。私は虹薙《コウナギ》・瑠璃《ルリ》。こっちの国で言えば、ルリが名前だ。ルリと呼んでくれて構わないぞ」

「のんびり自己紹介してる場合じゃないですって!! というかさっきの爆発は何ですか!?」

アレクが、自身を抱えながら建物の屋根の上を疾走する女性——ルリへと叫ぶ。それと同時に、周囲に矢が飛来し、彼女は片手で握った曲剣——刀と呼ばれる、このレイシル大陸の遥か東方の島国である〝ヒナ帝国〟独特の剣——を振り払って、当たりそうな矢を打ち落とした。

「ん？ 名乗りは大事だぞ。名も知らぬ相手を殺すのも、そいつに殺されるのも嫌だろう？」

「いや、なんで僕と殺し合う前提なんですか！ お、降ろしてください！」

「ふむ。恩人に言われたら仕方ない」

ルリが唐突に止まると、そのままアレクを屋根の上へと降ろした。アレクがホッとするのも、つかの間、再び風切音。

「逃げるのではなく……堂々と倒せということだな！ 少年！」

ルリが後方へと刀を払った。矢が明後日の方向へと弾かれる。

「いや、そうじゃなくて！ ってあれは？」

アレクが、後方からこちらへと迫る存在を見て、目を見開く。そこには、黒い拘束具のようなものを纏った二人の男が立っていた。それぞれが黒塗りの弓を持っており、何より異様だったのは、蜘蛛を模した赤い仮面を被っていることだ。

「憐れな狩人さ」

ルリがその言葉を口にするのと同時に二人の蜘蛛仮面の男が声を上げた。

「まさか仲間がいるとはなあ……そのガキが手引きしたのか？　ま、いずれにせよ、もうお前は終わりだよ、ルリ・コウナギ！」

「速やかに処理しろと言われているからな。ガキ共々殺してやる。そうすりゃ俺らの刑期も減るってもんよ！」

その言葉を聞いてアレクはようやく、とんでもないことに巻き込まれている現実に気付く。助けたワケあり女性と、それを追う謎の暗殺者。

「僕は無関係です……と言っても無駄でしょうね、これ」

アレクが顔をしかめながらそう呟いた。そもそも最初から自分の命も狙っていた相手が今さら話を聞いてくれるとは思えない。

「まあ、無理だろうな。だが心配するな、恩人には指一つ触れさせないさ。もちろん——矢もな！」

ルリが迫る矢を打ち落とすと同時に疾走。アレクは下手に動かない方が良いと判断して短剣を構える。荒事は苦手だが、初めてというわけではない。勇者との旅でたびたび出くわした暗殺者や、ゴブリンの旅団による不意打ち。今、思えばよく生き残ったなあと思うアレクだった。

「近付かせるかよ！」

蜘蛛仮面の男の一人が素早く矢をつがえて、放つ。その瞬間アレクは、放った矢がまるで魔法のように空中で分裂し、十本近い数になったのを確かに見た。

「魔術……？」

アレクはかつて賢者ラースと旅をしていた時に、魔術について色々と話を聞いた。しかし、矢を増やす魔術なんて聞いたことがない。

「矢を増やすとは面白い！」

しかしルリは気にせずその矢の群れを低い姿勢で躱し、そのまま蜘蛛仮面の男達へと迫る。アレクも大きく距離を取って躱すと、通り過ぎた矢が後方の屋根へと刺さった。しかしその音に微かな違和感を覚える。

「ち、猪剣士が！　普通は突っ込まないだろ！」

ルリの動きを見た蜘蛛仮面の男の片割れが、矢をつがえつつ後退。もう一人は腰の長剣を抜刀。

「猪武者か……それは――私の国では褒め言葉だ」

ルリが不敵に笑いつつ踏み込み、長剣を構える男へと刀を走らせ、銀を一閃。

「……凄い」

アレクが思わずそう呟いてしまうほど、その一撃は見事だった。剣ごと腕をルリに斬られた男が、倒れた勢いのまま屋根から転げ落ちる。

「クソ！　こんなに強いなんて聞いてないぞ！」

下がった方の男が矢を放つと、今度はルリの視界を埋め尽くすほどの数に分裂する。そのまま突っ込めば、命はないように見えた。しかし、後ろから見ていたアレクはそのカラクリに気付き、声を発した。

「ルリさん！　その矢は——幻です！　本物は一本だけ！」

「なるほど」

ルリが矢の雨に突っ込んでいく。当然、何本もの矢が身体に刺さるが、そのまま彼女の身体を通り抜けて、飛んでいく。それは、幻術と呼ばれる類いの魔術で、暗殺者が好んで使うものとして有名だった。特に、武器を透明化させる、違う得物に見えるようにする幻術は簡単ながら脅威であり、恐れられていた。アレクが推測するに、おそらくはそれの発展系で、一本の矢を見かけだけ増やす魔術なのだろう。先ほど矢が刺さった音に違和感を覚えたのは、矢の数と、それが刺さる音の数が一致しなかったせいだ。幻の矢なら当然、音はしない。

「くそ、あのガキ、魔術師か！」

男が慌てて剣を抜こうとするが、その動きは熟練の剣士の前ではあまりに鈍い行動だった。

「遅い」

ヒュン、と刀が薙ぐ音と共に、男の足が斬り飛ばされ、彼ももう一人と同じように、屋根の上を転がり、そして通りへと落ちた。

「貴女、何者なんですか」

綺麗な所作で刀を鞘に納めるルリにアレクが近付く。

「先ほど名乗ったはずだが？　それを尋ねるなら、まずはそちらも名乗るべきだぞ、少年」

少し息が乱れた様子のルリを見て、アレクが再び回復魔術を使った。

「僕はアレク、しがない宝石師ですよ。ルリさん、その怪我は治っているように見えるだけで、完治にはほど遠い状態です。術院に行けない事情なのはなんとなく分かりますが、まずは治療を優先しないと、保たないですよ」

アレクは回復魔術をかけながら、誰が、これほど強いルリにあれほどの怪我を負わせたのだろうかと考えていた。あの幻術使いの二人ではないことは確かだ。

「休んでいる暇はない、と言いたいところだが……少し疲れた」

ルリはそのまま屋根の上にあった煙突の脇に腰を下ろした。そこは少しだけ窪んでいて、周囲からは死角になっている。よほど近付かなければ、見付からない場所だろう。

「しかし、宝石師のくせに回復魔術も使えるとは器用な奴だな」

「ああ、これは魔石のおかげですよ。この魔石によって回復魔術が使えるようになります」

「魔石……？」

アレクが回復魔術を続けながら魔石の説明をする。ルリが興味を示したので、試しに彼女自身にも使ってもらった。

「まさか回復魔術を使えるようになるなんて……こちらの国には便利な物があるのだな」

「まあ、こっちでもあまり知られていないんですけどね……僕の営業努力がまだまだ足りてないです」

「ふ、君の誠実さとお人好しさを見るに、きっとすぐに有名になるさ」

「あんまり褒めてないですよね、それ」

アレクが苦笑いする。ルリがふうと息を大きく吐いて、口を開いた。

「私には、真珠《しんじゅ》という妹がいてな。そうだな、年ごろは丁度アレク、君と同じぐらいだ」

「妹？」

その唐突な言葉に、アレクが首を傾げた。

「ああ。真珠は私と違って可愛らしい子でな。だがそれが災いして、真珠は私が武者修行の旅の間に、人攫い共に連れ去られてしまった」

「……奴隷商ですか」

「そうだ。旅から帰ってきた私は慌てて真珠を国中捜したが、結局見付からなかった」

ルリの言葉は、やけに無感情だった。それが逆に、アレクには恐ろしかった。その胸の奥に秘める激情が見えるからだ。

「そして風の噂で、真珠が奴隷として遥か西方の国に売り飛ばされたと聞いて……このベリルにやってきた」

アレクはその話の行き着く先を既に想像してしまい、顔を曇らせた。奴隷制度はこのベリル王国から消えて久しいが、奴隷が全くいないわけではないという現状をアレクは知っていた。

「すぐに、居場所が分かったよ。なんせこの国では私達ヒナの民は珍しいからな」

そこで、ルリは言葉を止めた。重苦しい沈黙が辺りを支配する。

「それで……妹さんはどうなったのですか」

アレクはその先を聞きたくなかったが、そう聞かざるを得なかった。これ以上の沈黙に、耐えられなかったからだ。

「とある闇オークションで出品されたそうだ」

「そう……ですか」

「私の一族は皆揃って特異体質でな。それを珍しがってとある貴族が落札したんだ」

憎悪の炎がルリの瞳に宿る。その目を、アレクは直視できなかった。

「だから、私は真珠を取り戻すべく、行動を開始した。そのオークションに参加した貴族共を丁寧に調べ上げ、脅したり、時には殺されそうになったので斬ったりして、ついに購入者を特定した。だが、そこで邪魔が入った。なんせその頃には私の首に莫大な金額の賞金が貴族共によって掛けられていたからな。冒険者に騎士、狩人と色んな奴等に追われた」

アレクはふと、思い出した。ベルとの出会い、ディアナとの遭遇。あの時も確か賞金首が暴れ回っているという話だった。

「そして真珠を取り返す前に……私は冒険者に捕まって牢獄に入れられた」

「じゃあルリさんは……脱獄したのですか」

「ああ。私達一族は竜に呪われていてな。そのおかげで脱獄できた」

アレクは、とんでもない人物を助けてしまったことを一瞬後悔しかけた。いくら、妹を助けるためとは言え、貴族を襲うなんて正気の沙汰ではない。だが、それでもなお、彼にはルリが悪人だとはどうしても思えなかった。

「つまり、ルリさんはその妹さんを助けようとして脱獄し、その貴族の下へと向かおうとしているのですね」

「その通りだ。アレク、君を巻き込むつもりはなかった。だがあの状況では……」

「ええ、分かっています。それに僕があの時、その事実を知っていたとしても、きっと……貴女を助けていました」

それはアレクの本心だった。お人好しと笑われるかもしれないが、目の前に助けられる相手がいるのなら、手を差し伸べるのが当然だと思っている。たとえ相手が……脱獄犯でも。

「ありがとう、アレク。ふう、いきなり重い話をしてすまないな。どうしても……最後に誰かに聞いて欲しかったんだ——さて待たせたな、お嬢ちゃん」

ルリがそう言いながら立ち上がって剣を抜いた。アレクが振り向くと、二人が座っていた屋根の少し向こうに、白いワンピースを着た少女が一人、佇んでいた。

「構いません。マスター到着までの時間を稼げとの命令でしたので、そちらが動かないのならこちらから手出しはしません」

その声は無機質であるが、なぜかアレクの耳には妙に懐かしい声のように思えた。

「さっきの馬鹿共より話が分かる……ということはあのクソ女の手先か」

「殺気を感知——排除します。今度は殺しても構わないとのことなので、全力で対応します」

「やってみろ、人形」

「ま、待って！」

アレクがそう叫ぶと同時に、両者が疾走。少女の両手が刃物へと変形したのを見て、アレクが驚愕する。その手の甲には確かに魔石が埋め込まれていた。

「あれはまさか」

ルリの斬撃を少女が両手の刃で弾き、蹴りを叩き込む。その流れるような動きは達人のそれであり、そしてアレクには見慣れたものだった。そう――その動きはベルとそっくりだったのだ。

「まさか……あの人形は」

「アレク、世話になったな！　巻き込まれないうちにさっさと逃げろ！」

「どちらも逃がしません」

少女がそう言って、左手の剣から魔弾を射出。それは正確にアレクの眉間を狙ったものだった。

「くっ！　まずいまずいまずい、これは絶対にまずい！」

アレクは横へと回避しながら、思考を回転させる。少なくともこの国で魔石の嵌まった人形を扱う者なんて一人しか知らない。そしてその一人がこちらを追ってきているということは……それは絶望に近い状況だ。そして、いつの間にか自分までその標的になっている事実。

「ルリさん！　本人が来たらまずいですよ！　この人形――ドレッドノートだってあと九十八体もいるんですよ！」

「アイツのことを知っているのかアレク。しかし、こいつがあと九十八体もいるとか、眩暈《めまい》がするな！　確かに前戦った奴とは顔が違う！」

ルリが防戦になりながらも、少女の両手から放たれる乱舞を捌いていく。しかし、身体の節々を浅く斬られ、血が流れ出ていた。

「勝ち目はありません！　すぐに逃げるべきです！」

「――多勢に無勢だな。それにアイツが来たら流石に無理か……仕方ない」

ルリが遠くを見て、白い影が複数こちらへと接近しているのを確認し、素早く反転。アレクを抱えると、刀の切っ先を下へと向けた。周囲の屋根には、ルリの血が飛び散っている。

「おっと、これ以上近付かない方がいいぞ、お嬢ちゃん」

「……？　魔力、罠探知――オールクリア。ただの脅しと判断。排除します」

「そういうところが、人形たる由縁だな！」

ルリが獰猛な笑みを浮かべたと同時に、迫る少女の手前にある屋根を刀で斬った。刃と屋根がぶつかり合って火花が散り、それがルリの流した血へと飛んだ結果――

「っ!!」

屋根が少女を巻き込んで爆発。ルリはその爆炎と黒煙に紛れて裏路地へと降りると疾走を開始する。

「血が爆発した!?」

驚くアレクをルリが笑った。

「面白いだろ？　私は〝竜血〟と呼んでいるけどね。なんとも忌ま忌ましい、竜の呪いさ」

ルリが南へと爆走する。休んだおかげか、その足並みはアレクを抱えてもなお軽い。

「すまないが、アレク、このまま私は真珠を取り返しに向かう。君をどこか安全なところに届ける暇はない」

「ですよね……」

もはや自分まで標的にされている以上、騎士団の詰め所に駆け込みでもしない限り、命の保証がない状況だ。ならばこのままルリと行動を共にせざるを得なかった。

「それでその貴族ってのは、誰なんです？」

アレクの言葉に、ルリが憎しみを隠さずに言葉を吐いた。

「――アイマール男爵だ」

＊＊＊

貴族街、アイマール邸前。

「まさかまた戻ってくるとは……」

「ん？」

「なんでもないです」

アレクは道中、ルリに抱えられながら考えていた。今の自分に、ルリを止める力はない。そもそも彼女の話が全て真実とは限らない。その上で、彼女が妹を取り返すことに協力するか否か。ここまでは成り行きで助けてしまったが、その先はとなると、自身でどうするか決めないといけない。

彼女は脱獄犯……つまり犯罪者なのだ。その犯罪の片棒を担ぐ覚悟が、本当にあるのか。アレクはまだ、迷っていた。

「……なんだガキ。てめえにはもう用はないぞ」

玄関から出てきた、冒険者崩れの男に対するアレクの返答に、その迷いが現れていた。

「ええっと……戻ってきたのは本意ではないのですが……できれば抵抗しないことをお勧めします」

「は？」

「邪魔だ」

扉の上に突き出た屋根から飛び降りたルリが刀を鞘に入れたまま、その男へと打ち付けた。

頭部を強打した男が気絶し床へと倒れた。そのままルリが中へと侵入する。

「な、お前何――ぎゃっ」

「私は真珠を捜す。手伝ってくれとは言わんが、どこかに隠れていろ」

ルリが、騒ぎを聞き付けてやってきたもう一人の男を鞘で気絶させた。そしてアレクは思い付いた言葉をおもむろに口にする。それは、なんとも彼らしい言葉だった。

「実は言ってなかったのですが……アイマール男爵には少し貸しがありまして。僕は、奪われた魔石を返してもらうべく交渉に来たところ、たまたま玄関が開いていたので心配になって中に入った。そしてついでに魔石を捜していたら、ルリさんが現れた。言っておきますが、真珠さんを捜すのに協力なんてしませんよ――僕はあくまで魔石を捜すだけです」

アレクは笑みを浮かべ、ルリへと向かって頷いた。それはつまるところ、協力すると言っているのと一緒だった。少しだけ、やけくそに近い考えだったが、アレクはルリを助けたいという自分の気持ちと、犯罪者に協力するという現実を天秤に掛け、釣り合う位置を見つけて提案しただけだ。

「――アレクは良い奴だな。もう少し年齢が近かったら惚れていたところだ」

「それは残念です」

アレクが肩をすくめたのを見て、ルリが笑った。彼はそのままポーチから【熱探知】の魔石を取り出し、短剣へと取り付けた。

「これで、この建物内の熱源が感知できます――うん、やっぱりだ」

その魔石は装備者に、熱源の方向や位置を教えるだけでなく、その熱源が持つ熱量の探知も可能にする。アレクはすぐ真横にいるルリに対する反応の大きさを見て、自分の立てた仮説が正しいことを確信する。

「竜血のおかげか分かりませんが、ルリさんから、常人ではありえないほどの熱量反応が出ています。となれば、同じ体質の真珠さんも似たような反応なはず――いた、地下の方だ」

「魔石はそんなこともできるのか！　アレク、行こう」

「地下への階段は確か、応接間の横の廊下にそれらしき階段があったと思います！」

走りながら、アレクが廊下の先を指差した。それは、今日訪れた時に何気なく建物内を観察していたおかげで、思い出せたものだった。

「な、何をしている貴様ら!?」

廊下から現れたのは、またもや冒険者らしき姿の男で、アレクには見覚えがあった。元を辿れば確かこの男が店にやってきたせいで、こんなことになっているのだ。

「魔石の回収ですよ！」

アレクの言葉と同時に、ルリが抜刀。男は既にダガーを抜いていたが、ルリの鋭い突きが足に刺さる。

「ぎゃっ！」

うずくまった男を踏み台にして二人が跳躍。背後から放たれたボウガンの矢が男へと刺さる。

「ば、馬鹿野郎！　味方を撃つやつがあるか！」

「す、すまねえ！」

そんな背後のやりとりを無視して、アレク達が廊下をさらに進むと、彼の記憶では地下へと繋がる階段らしき場所の扉が開いた。そこから現れたのは、でっぷりと太った男と、その手にある鎖の先に繋がれた、黒髪の少女だった。

「おい、さっさと走れ!!　くそ、六百万ゴルドも払って賞金も掛けたのに!!　脱獄されるなんて聞いてないぞ！」

アレクはその男のことをよく知っていた。彼の名は――アインスト・アイマール、つまりこの屋敷の主人であるアイマール男爵その人だった。となると、あの黒髪の少女は――

「真珠！」

「……お姉様？　お姉様!!」

その少女はルリとよく似た顔立ちであるが、顔も身体もげっそりと痩せていた。身体にはムチを打たれた痕が残っており、それはルリを激怒させるに十分だった。

「貴様あああああああ」

ルリがアレクを置き去りに、まるで爆発かと錯覚するほど強く床を蹴ってアイマール男爵に迫る。

「ななな、なんでもうここまで来ているんだ!? それに貴様は魔石屋！ なぜここにいる!?」

驚愕するアイマール男爵の目の前で、ルリが刀を一閃。

「ひっ！」

見た目より俊敏に、後ろへと飛び退いたアイマール男爵が放した鎖と、その先に繋がっていた真珠の首に付けられていた鉄の首輪が、音を立てて割れた。

「お姉様！」

真珠が走り、ルリへと抱き付く。

「すまなかった……真珠」

「二人とも、再会を喜んでいる暇はないですよ！」

アレクが前後の扉から現れた、おそらくアイマール男爵が雇った護衛達を見て、声を上げた。彼ら全員が先に戦ったあの幻術使いの二人と同じ仮面を被っている。

「くそ、お前ら！　奴隷を取り返せ！」

アイマール男爵が命令すると同時に、護衛達が襲いかかってくる。先ほどまでの冒険者崩れの男達とは練度が違うのが動きで分かった。彼等は――刑期を短くすることを引き換えに地上に出て傭兵業を行う特殊な罪人――〝狩蜘蛛〟と呼ばれる者達だ。

「アレク、真珠を連れて脱出してくれ！　私が囮になる！」

「ルリさん、これを使ってください。きっと、ルリさんの力になるはずです」

アレクがそう言って、黄色に光る魔石を取り出すと、素早くルリの刀に取り付けた。

「これは？」

「これは【水属性魔術】という魔石をさらに特化させた魔石です。説明している暇はないのであとは使って確かめてください！　魔石の使い方は【回復魔術】と同じですよ」

「なるほど……そういうことか。よし、行け！」

「はい！」

アレクが真珠の細い手を握って駆け出そうとするも、彼女はその手を振り払った。

「お姉様、私も戦います！」

「だめだ。真珠はアレクと共に行け、すぐに追う！」

ルリが玄関に続く方へと突撃する。アレクは素早く屋敷内の構造を思い出し、再び真珠の手を取って脇の扉を抜けた。

「そっちは逆方向ですよ!?」

「ルリさんについていっても僕らは足手まといだ！　こっちから裏口に抜けよう！」

「……はい！」

アレクと真珠が走る。いつ背後からあの狩蜘蛛達がやってくるか分からないが、振り向く暇はない。しかし、応接間を抜けて、裏口へと続く通路に入ろうとした瞬間。

「アレクさん！」

真珠がそう声を発すると同時に、アレクの手を引っ張り、その動きを強制的に止める。そのおかげで――

「このクズ商人が！　魔石を取られた腹いせに俺の宝石を奪う気だな!?」

先回りしたアイマール男爵が振り下ろした手斧を、アレクは間一髪躱すことができた。

「っ！　危なかった！」

アレクが慌てて短剣を構えるも、体格差からしてかなり不利な状況だ。だがアイマール男爵を倒さないと、先には行けない。もたもたしていると、狩蜘蛛達がやってくる。

「死ね!!」

アイマール男爵が手斧を今度はアレクへと横薙ぎに払う。アレクは咄嗟に短剣でそれを防ぐも、その力任せな一撃に耐えられず、壁際へと身体が吹き飛んでしまった。手から弾かれた短剣がくるくると宙で舞う。

「しまっ――」

無防備にさらされた真珠を見て、アレクが焦る。しかし真珠の瞳には、炎がたぎっていた。彼女が纏うその雰囲気は、鎖に繋がれた哀れな奴隷少女のそれではない。

「やられたら、やり返す。それが虹薙《コウナギ》の女の生き方です!!」

アレクが立ち上がると同時に、真珠が、ぱしりと短剣を宙で掴むとそのまま前傾姿勢で疾走。

「へ？」

まさか、この痩せぎすの奴隷の少女がそんな動きをするとは思わず、アイマール男爵が呆けたような声を出した。真珠は床を蹴って飛翔すると同時に、短剣を一閃。それはルリほどではないにせよ、アレクの目から見ても見事な剣士の一撃だった。

「ぎゃあああああ!! 痛いいいいいいいい!!」

太った腹を切り裂かれたアイマール男爵が悶えながら床へと倒れた。

「ムチの方がもっと痛いですけど、これで勘弁してあげます！ アレクさん、行きましょう！」

「分かった！」

内心で、僕、ひょっとして足手まといなのでは……と思うも、アレクは口にしなかった。二人はアイマール男爵を置き去りに、通路を走り、裏口を開けた。

「外に出たらすぐに衛兵の詰め所に行こう！ そこで保護してもらえ――」

裏庭へと辿り着いたアレクだったが、それ以上先の言葉が出なかった。なぜならその庭には――

赤い絶望が立っていたからだ。

「んー？ おいおい、なんでここにお前がいるんだよ……アレク」

「ディ……アナさん」

それは、S級冒険者である赤き人形遣い――ディアナだった。

「ん？ そのガキは……ははーん、そういうことか」

ディアナがにやりと笑った。

「なるほどなるほど。大方どっかで、あたしが半殺しにしたあのサムライポニーな姉ちゃんを助けたら、仲間と勘違いされて、一緒に逃げているうちに気付いたら情が移って、妹を助けて……ってところか。お前、賢いくせにたまに馬鹿だよな」

「ぐうの音も出ないほど、的確な推測ありがとうございます。おかげで説明する手間が省けました」

アレクはしかし、安易にディアナには近付かない。魔石屋の常連であり、アレクも慕っている人物ではあるが――この状況で安心できるほど彼も平和ボケしていなかった。

「かはは……いいねえ。もしお前が、〝助けてディアナさ～ん〟なんてぼけたこと言って駆け寄ってきたら、バラバラに切り裂くところだったよ」

ディアナが右手をくいっと動かすと同時に、アレクの目の前で銀線が閃いた。アレクの眼前を通り過ぎた落ち葉が細切れとなって風に飛ばされていく。

「アレクさん……あれは……化け物です」

震える声で真珠がアレクの手を握った。そうでもしないと、恐怖で叫んでしまいそうだから。剣士としての力があるがゆえに、彼我の実力差が分かってしまい、震えを止めることができない。

「分かってるよ。それに残念ながら今は……味方じゃない」

「その通り！　アイマールの馬鹿に結構な金を積まれたからな。いやあ冒険者は辛い。依頼とあらば……友人も敵になる。義理堅いあたしには向いていない稼業だよ、ほんと」

「本心から言ってます？　それ」

アレクの言葉を、ディアナが鼻で笑い飛ばす。

「んなわけねえだろ。というわけでアレク、大人しくしてろ。そうすりゃ、お前は説教で済む」

「ルリさんは、真珠はどうなるのです！　奴隷は王律で禁止されています！」

アレクの言葉に、ディアナがため息をついた。

「あのなあ……そいつが奴隷として売買されたって証拠はあんのか？」

「ですが……仮にそうでないにしても、女の子に鎖付きの首輪を付けて、地下に監禁して、ムチを打つなんてことが許されるわけがない！」

「アレクよう……人様の事情に首を突っ込むのは止めとけ。そういうご家庭だってあるかもしれんし、いずれにせよ赤の他人のお前やあたしには関係ない話だ。あたしは金を払われた以上は、この館からネズミ一匹逃がすつもりはねえ。だから諦めろ。そのガキンチョは、アイマールの鎖に再び繋がれて、あの剣士は殺す。流石に脱獄犯は生死問わずになるからな。下手に生かそうとするとこっちが危うい」

「金ですか。いくら払えば、その依頼を破棄できますか」

アレクが汗を流しながら、何とか突破口を探す。ディアナの圧倒的武力を前に、強行突破は不可能だ。おそらく彼女の手先であるあのドレッドノート達がこの館を包囲しているのは想像するまでもない。

「金じゃねえよ。冒険者ってのはな、一度受けた依頼を私情で破棄できないんだよ。それをしたら冒険者業が成り立たなくなっちまう。特にあたしみたいなS級冒険者はそういうのが色々面倒臭いんだ。お前のその行為は――あたしに冒険者を辞めろって言っているのと一緒だぜ」

ディアナに反論できないアレクは必死に頭を回転させる。依頼を破棄させることはできない。ならば――アレクがまさに思い付きとでも言うべきその言葉を口にした。

「ディアナさん――僕は貴女に依頼があります」

＊＊＊

息が切れる。ルリは乱れた息を整えようとするも、狩蜘蛛達が休む暇なく攻撃を仕掛けてくる。しかも、近付いては斬られると分かってか、遠距離攻撃ばかりだ。

「さっさと殺せ!! お前らまた牢獄にもどりたいのか！ いてて……くそ、あの奴隷め！」

初級回復魔術で腹の傷だけは塞がったアイマール男爵が、応接間へとルリを追い詰めていた。どうせ、外は金を積んで依頼したディアナが包囲している。逃げられるわけがないのだ。だから先に、ルリを始末しようと部下に指示を飛ばしていた。

「くそ……アレク達は逃げ切ったのか……？」

ルリはそう口にするも、今は確かめようがない。もしあの人形遣いが来ていたら終わりだ。だが、それは自分がいたところで同じだろう。捕まった時、そして脱獄してすぐ運悪く遭遇した時に受けた傷が疼く。一対一で戦えば勝つ自信がある。しかしあの人形遣いは狡猾であり、そして容赦もなかった。平気で人形ごとこちらを切り刻もうとしてくるほどだ。だから、あの場では自分が囮になることが最善だった。そう信じるしかない。

ルリは身体中にできた傷から血が流れているのを確認して、再び刀を構えた。アレクに付けてもらった柄の魔石が妖しく光る。

「もう十分、時は稼いだ……あとはお前達は全員倒して、真珠達に合流する」

ルリの言葉をアイマール男爵が笑い飛ばす。

「はあ？　そんなずたぼろな姿で何を言うかと思えば……お前らやれ！　もうこいつは限界だ！血に注意しろ！　あれは爆ぜるぞ！」

アイマール男爵の号令と共に、狩蜘蛛達が一斉に各々の近接武器を抜いて、ルリへと殺到する。

「なるほど。流石だなアレク。この魔石は――私にぴったりだ」

ルリがそう言いながらアレクが付けた魔石の効果を発動させる。彼女の流した血が、まるで意思を持ったかのように蠢き、刀へと纏わり付きその刀身を真っ赤に染めた。

「死ねえええええ」

後ろから迫る狩蜘蛛が、剣を構えて突撃してくる。

「死ぬのはお前だ」

ルリがその狩蜘蛛へと刀を払った。狩蜘蛛はまだ刀の間合いの外であり、その一撃はただの空振りのように見えた。しかし――

「うわああ!?」

刀身に纏っていた血がまるで刃のように刀の先から伸び、狩蜘蛛を切り裂いた。

「ありえん！　リーチが伸びたぞ！」

驚く狩蜘蛛達を前に、ルリが血刀を振るう。血によって生じた斬撃がルリの周囲を切り刻んでいき、

「終わりだ」

ルリはその言葉と共に、刃で床に転がっていた石像を擦る。火花が弾け——それはルリが周囲にばら撒いた竜血に着火。

「に、逃げ——」

轟音と爆炎が応接間を吹き飛ばした。

「……これは良いな。凄く良い」

荒れ果てた応接間に佇むルリの刀は、纏う血に火がつき、炎刀と化していた。アレクが、この刀に付けた魔石の名は——【水流操作】。その効果はシンプルであり装備者は魔力を消費して液体を操作できるというものだ。そして血液もまた例外ではない。ルリはこの魔石の力で、自らの血を操作し、刀に纏わせることで刀身を伸ばし、斬撃を飛ばすことが可能になったのだ。

「ありえん……なんだそれは……」

狩蜘蛛達が全滅したなか、しぶとく生き残っていたアイマール男爵が腰を抜かしていた。ルリがゆっくりと近付いていく。

「貴様だけは……絶対に許さん」

「ま、待ってくれ！　あの奴隷なら、解放する！　それとも金か!?」

命乞いするアイマール男爵を見て、ルリが唇を噛む。こんな矜持もないような男に真珠が苦しめられていたと思うと、腸が煮えくりかえる気分だった。

「もういい、黙れ。お前はもう……死ね」

ルリが燃え爆ぜる刀を振り下ろした。

「それは困るなあ、サムライポニー。金がもらえなくなっちまう」

そんな声が応接間に響くと同時に、アイマール男爵が壁へと奇妙な動きで吹っ飛んだ。まるで、見えない糸に操られて無理矢理動かされたかのようだ。

「その声は……やはり来ていたか人形遣い!!」

「くくく……派手に暴れやがったな。しかし相変わらずアレクは魔石の選び方が上手いな。竜血の剣士に【水流操作】の魔石なんて渡しやがって」

そう言って、スタスタと歩いてきたのはディアナだった。

「遅いぞ人形遣い!! さっさとあいつを殺せ!!」

アイマール男爵が壁際で吼える。

「へいへい。そういえば、アイマールの旦那、さっき大量の魔石をこの家で見つけたが、あれは買ったのか?」

「そんなことはどうでもいいだろうが!?」

「いやいや、この剣士は厄介だから万が一があれば使わせてもらおうと思ってね。ほら、魔石って装備制限があるし、ちゃんとした契約の下、購入しているのか心配でさ」

「はあ？　ふん、装備制限など解除させているに決まっているだろ！　馬鹿なガキの商人ごっこに俺が付き合うわけがないだろ！　簡単に騙されよったわ！」

「うわーひっでえな。でもま、それだけ話を聞けたら、もういいや」

ディアナが軽くそれに答えると両手をだらりと下げた。その左右の手から不可視のワイヤーが無数に伸びていることをルリは知っている。

「アレクは……真珠はどうした!?」

「答えるとでも？　さあ時間がねえ、始めようぜ！」

ディアナが凶悪な笑みを浮かべたと同時に右手を振るった。

「くそ！　アレク、真珠、無事でいてくれ！」

ルリが殺気を感じ、左右に刀を払う。血の斬撃が飛び、そして刀から離れた瞬間に爆ぜた。ワイヤーが燃え、火がそれを伝ってディアナの下へと走っていく。

「ち、厄介だなそれ」

ディアナが悪態をつきながら、放ったワイヤーを切り離す。視認できないように極限まで細くしたワイヤーはその細さに反して頑丈であり、刀如きでは決して斬れないのだが、弱点もあった。それは、熱や火に弱く、燃えてしまうと簡単に切れてしまう点だ。さらに燃えることで可視化し、下手をすれば手元にまで火がやってきてしまう。

「これなら、互角以上で戦えそうだな、人形遣い!!」

「アレクはあとで説教だな！　こんな物騒な奴にあんな魔石を渡しやがって!!」

ディアナが新たなワイヤーを装着し、応接間全体へと広げていく。そのワイヤーが倒れて気絶していた一人の狩蜘蛛を搦め捕っていく。

「へ？　うわあああ身体が勝手に！　た、助けてくれえええ」

狩蜘蛛が泣き叫びながら、言葉とは裏腹にルリへと剣を構えて迫ってくる。

「卑怯者が！」

ルリが狩蜘蛛の頭上と左右を素早く炎刀で斬って、ワイヤーを切断。勢い余ってこけた狩蜘蛛を踏み台に跳躍。壁を蹴って、立体的な軌道でディアナへと迫る。

「おいおい空中はあたしの領域だぜ？」

ディアナが素早くワイヤーを展開させ、迫るルリを迎撃する。しかしあっさりワイヤーは斬られて、接近を許してしまう。

「ご自慢の人形はどうした」

「今は別作業中なんだよ！」

ディアナがルリの一撃を躱す。頬をかすめる炎刀が髪の先を焦がした。

「人形遣いのくせに体術も一流とはな」

ルリの猛攻をディアナが避けていく。その身のこなしはルリが言うように一流の剣士にも勝るとも劣らない動きだ。

「はん、言っとくがな、あたしが人形を遣うようになったのは――S級になってからだぜ？　こちとら元々はゴリゴリのインファイターだっつうの！」

不敵に笑ったディアナはワイヤーを何重にも拳に巻き付け即席のグローブにすると、鋭い一撃を放った。

「っ!! 拳闘士か!?」

「だけじゃないぜ?」

ディアナは素早く足下に落ちていた剣をつま先で跳ね上げると右手でそれを掴み、ルリへと斬りかかる。

「剣も使えるのか……化け物だなお前」

「化け物に言われてもてても嬉しくねえよ」

ディアナの連撃をルリが防いでいく。応接間に金属音と炎が爆ぜる音が交互に響く。その戦闘はいっそ美しく、アイマール男爵も目が離せなかった。

「いやあ、強い強い。マジでびっくりするぐらい強いなお前。あたしがここまで苦戦したのは久々だよ」

「ならばこれが最後だな!」

ルリが素早く後退すると、刀を、血を纏ったまま鞘へと収めた。そして前傾姿勢のまま疾走。

「おっと、それはちとマズイなっ――!!」

「――紅蓮」

ルリがその勢いのまま鞘から再び刀を走らせた。血を纏った刃が神速で放たれ、赤き斬撃がディアナへと迫る。

「あっぷねえ！」

回避したディアナの目と鼻の先を巨大な斬撃が通過する。それはいとも容易く天井や壁を切り裂いていく。

「――竜閃!!」

ルリはさらに刀を切り返した。今度は炎を纏った斬撃であり、それが先ほど放った斬撃によって飛び散った竜血を着火させた。

「あ、やば」

ディアナの呟きと共に、再び轟音。ルリの前方全てが爆発し、天井が崩れる。それでもルリは構えを解かない。この人形遣いがこの程度では死なないことは分かっていた。

「げほっげほっ……建物ごと潰す気かよ……あーあ、一張羅が」

黒煙の中から出てきたディアナはボロボロになった服を摘まんで愚痴る。

「しぶとい女だ」

「それはこっちのセリフだよ、まったく。大人しく捕まっておけばこんなことにならずに済んだのに……おっと、ようやく見付かったか」

そのディアナの言葉と共に、ルリの表情が険しくなる。なぜなら――無数の人形が崩れたこの応接間に姿を現したからだ。

「ちっ……ここまでか」

ルリは冷静にそう判断した。血を流し過ぎて、既に立っているだけでやっとの状態だ。あと、刀を振るえても数回。

「ああ、ここまでだ」

ディアナの下に一体の人形が進み、何やら手に持っていた書類を手渡していた。さらに、違う人形が今度は十個近い宝石のようなものを手に持っており、何やら囁いている。

「ふむふむ。おい、アイマールの旦那」

「なんだ人形遣い!! さっさとトドメを刺せ！」

アイマール男爵は叫ぶが、ディアナがニヤニヤ笑っているのを見て、なぜか嫌な予感がしていた。

「いやね、実は別件の依頼があってだな。なんでも、そいつはアイマール男爵に魔石を不当に奪われたとか。まさかアイマール男爵様があんな少年から宝石を奪うなんてするわけがないけど、一応人形達に証拠品を集めさせていたんだがね……これはなんだろうなあ」

そう言って、ディアナが紙切れをヒラヒラさせた。

「おーい、アレク見ろよこれ。魔石の売買契約書だぜ。しかも、売却先はおやおや？ 隣国のヒューイット神聖国じゃないか。どうなってんだこれ」

「そ、それは！ 隠し金庫に隠していたのになぜ!?」

アイマール男爵の言葉と共に、アレクと真珠が走ってやってきた。

「ディアナさん！ なんで本気で戦っているんですか！ ルリさん大丈夫ですか!?」

真珠がアレクの短剣を持って、ルリの下へと駆け寄った。

「お姉様！」

「真珠！　無事だったか！　なぜお前達があいつと？」

「はい、アレクさんのおかげです！」

「どういうことだ？」

ルリが混乱しながらも、真珠の使う回復魔術を受けていた。どうやら、これ以上の戦いはなさそうだった。

一方アレクは、ディアナの側におり、売買契約書に素早く目を通していく。

「……ディアナさん。確か、王律で敵国認定であるヒューイット神聖国との取引って禁止されていましたよね？　というかそもそも魔石もアイマール男爵に売っていませんし、不当に奪われたものです」

「な、何を証拠にそんなことを！」

「アイマールの旦那、残念ながらあんたの隠し金庫からアレコレ出てきたぜ？　お前、借金まみれなんだな。金もないのに奴隷を買うなんて理解できないが、今のお前の経済状況からあれだけの魔石を購入できる資金力があるとは思えない。つまり、真相はこうだ。お前は奴隷を虐めるという趣味のためだけに、借金をしてでも奴隷を購入した。〝赤の蜘蛛〟への賄賂やらなんやらの証拠も出てきたから、元々は罪人を密かに買い取っていたんだろうな。しかしそれでついに金がなくなり、借りることもできなくなって困り果てたお前は、丁度部下から報告があった魔石屋の主人が少年であると知り、魔石を奪う算段を立てた。そうして奪った魔石を、裏ルートで敵国であるヒューイット神聖国へと高額で売ることで、少しでも借金を返そうとしていた」

「……な、何の話だ！　そんなの全部でっち上げじゃないか！」

「あたしからすりゃあ、証拠っぽいもんがあれば何でも良いんだよ。というわけで、アイマール男爵。あんたは王律を破った時点で、依頼主としての資格を失った。そしてS級冒険者に課せられている、治安維持の観点から、お前を不法取引その他もろもろで捕縛する。せいぜい〝白の天秤〟相手に言い訳することだな。証拠さえあれば……あいつらは怖いぞ」

「っ！　くそ！」

　アイマール男爵が逃げようと走る。

「どこへ行く」

　その前に、体力を取り戻したルリが立ちはだかった。

「ひっ！　た、頼む！　許してくれ！　その子には確かにムチは振るったが、それ以上は何もしていない！」

「本当か真珠」

「うん……でも許せない」

「だな」

「た、助けてくれ――ぐえ」

　ルリが鞘でアイマール男爵の頭部を殴ると、気絶したアイマール男爵が床へと倒れた。

「正解だ。もしここでそいつを殺していたら……さっきの続きをやらないといけなくなる。これ以上、罪を重ねるなよ」

ディアナがそう言って、倒れた石像にどかりと腰かけた。

「逃げるなら、一分待ってやる。ま、その妹を連れてとなるとこの王都からすら出られないだろうがな」

「……そうか。そうだな」

そんな二人のやりとりを見て、アレクが一歩歩み出た。

「……ルリさん。逃げるのは止めましょう。僕に言う資格はないかもしれませんが、罪は償うべきです。事情が事情なのできっと、刑期も短くなりますよ。〝赤の蜘蛛〟とアイマール男爵が繋がっていた証拠もあるので、それを武器に戦えば――」

「アレク。頼みがあるんだ」

アレクの言葉の途中で、ルリが力無く笑った。

「なんですか」

「……真珠をしばらくの間、頼んだ」

ルリのその言葉の意味を分かって、アレクは大きく頷いた。

「お姉様！　嫌です！　お姉様が捕まるなら私も一緒に牢屋に入ります！」

その言葉を聞いた真珠が首を横に振って、ルリへと抱き付いた。

「駄目だ、お前に罪はない。それにアレクは良い奴だ。きっと良くしてくれる。なんせ死にかけていた、見ず知らずの私を助けるぐらいだからな」

笑うルリを見て、真珠が涙を流す。

「心配するな。ちゃんと刑期を終えたら迎えにいく。その後はこの国に住んでもいいし祖国に帰ってもいい」

「お姉様……」

「私は、たくさんの人を傷付けた。その罪はアレクの言う通り、償うべきだ」

「ルリさん……彼女は僕が責任持ってお預かりします。本当はディアナさんの方が適任だとは思いますが……」

「無理だろそれは。あたし、なんか凄く嫌われてるし」

真珠が未だにディアナを睨んでいるのを見て、アレクが苦笑する。

「……ですね」

なんて会話していると、騒ぎを聞き付けた衛兵達が雪崩れ込んできた。

「さて……何から説明したもんか。めんどくせえからアレク、お前に任せるわ。流石のあたしも少し疲れた」

そう言って、ディアナが器用に座りながら寝始めた。

「あ、ちょっとディアナさん！　寝ちゃ駄目ですって！」

その後、説明にアレクが大変苦労したのは言うまでもなかった。

＊＊＊

後日。

魔石屋アレキサンドライト、閉店間際。

「いらっしゃいませ！」

「おや？　新しい店員か？　またしばらく店を閉めると聞いてメンテナンスにやってきたぞ」

やってきたのは青髪の騎士、セレスだった。そして彼女に溌剌と挨拶をしたのは、異国風の衣装にエプロンを着けた、長い黒髪を後頭部で一括りにした少女――真珠だった。すっかり体型や顔付きも健康的になっており、本来の可愛らしさと有り余っているような元気さを周囲に振りまいていた。

「はい！　ゆえあって店長の下でお世話になっている真珠です！　よろしくお願いします！」

「そうか、君が例の子だな。私はセレスだ。よろしく頼む」

そんな会話を見ていたアレクとサンドラ、湯を沸かしていたベルがそれぞれ声を掛ける。

「セレスさんいらっしゃい」

「やっほー」

「いらっしゃいませ、セレス様。紅茶でよろしいですか？」

それぞれの挨拶にセレスが頷き返した。

「紅茶でお願いするよ。しかしアレク、思ったより元気そうで良かった。風の噂で聞いたぞ、アイマール男爵の件。とんだ事故だったたな」

セレスが笑いながら、剣をカウンターの上に置いた。

「いやもう、本当に。聞いてくださいよ」

ベルが淹れた紅茶を、真珠がトレイに載せてセレスの下へと運んだ。

「どうぞ！」

「ありがとう。ふふ、すっかりこの店も賑やかになったな。ん？　へえ、良い剣を差しているな」

セレスが、真珠が腰に差している刀を見て、目を細めた。それはルリの刀であり、そして真珠はそれを肌身離さず持ち歩いていた。

「はい！　剣術と魔石の使い方も練習中です。まだお姉様のように上手くはできませんけど」

「竜血だったか。魔石で使いこなすとあのディアナすら苦戦させるそうだな。ああ、そういえば君のお姉さんも刑期がかなり短くなったそうだぞ。なんでもウヴァロ騎士長と、冒険者ギルドの方から口添えがあったとか。アイマール男爵も捕まったし、一体誰が動いたのやら」

セレスがアレクを見て、ニヤリと笑った。

「さて？　何の話でしょうか」

「まあいいさ。しかしアレクは、そのうち傭兵業でもやりだしそうだな。これも聞いた噂だが、店を閉めて、今度は故郷を救いに行くんだろ？」

ベルと真珠を見て、セレスが冗談っぽくそう言った。

「耳が早いですね。まあ、もし傭兵業をやるならその時はセレスさんにも声を掛けますよ。給料は騎士団の二倍出しましょう」

「ははは、それは魅力的だが、セラフィ王女に刺されても知らないぞ」

「……今の話は忘れてください」

アレクが真顔でそんなことを言うので、真珠がキラキラと目を輝かせて興味深そうに話に乗った。

「店長とセラフィ王女の関係ってどうなっているんですか!? セレスさん教えてください！」

「それは多分、この間の事件より複雑怪奇だから聞かない方がいいよ……」

そうため息をついたアレクを見て、セレスは笑ったのだった。

こうして、魔石屋アレキサンドライトに新たな仲間が加わったのだった。

あとがき

久しぶりの方はお久しぶりです、そして初めましての方は初めまして、虎戸リアと申します。
まずは、数ある小説の中から本書を手に取っていただいたことに感謝を。

あ、そうそう、本文よりも先にあとがきを読む勢の皆様ご安心ください、このあとがきには本編に関するネタバレなどは一切ないので、たっぷりあとがきを楽しんでから本編行っちゃってください。まだ購入されてない方はそのままレジへゴーだ！

さて、今作【魔石屋アレキサンドライトへようこそ　～規格外の特級宝石師とモフモフ宝石獣《カーバンクル》の異世界繁盛記～】ですが、小説投稿サイトである〝小説家になろう〟様に投稿したところ、ありがたいことにたくさんの読者様の応援のおかげでこうして書籍として形にすることができました。

今作が生まれたきっかけはとても些細なことでした。連載当時、なろう様の日間ランキングのハイファンジャンルで、いわゆる〝店舗経営系〟と呼ばれる作品が一位を取っていました。もちろんそれを見た私は、「しめしめ、店舗経営系を今書けば一位作品の読者を誘導できるぞ」なんて小悪党みたいな邪念を持ち、思うがままに書き始めたのが今作です。

テーマは、市場でウケやすいモフモフと主人公コンビによる店舗経営物。扱う商材については、最初はアクセサリーを考えていました。ＲＰＧなどでおなじみの指輪とかそういう枠ですね。しかし色々と考えた結果、魔石というシンプルなところに辿り着いたのです。

古来より、石、特に宝石には特別な力が宿ると考えられていました。有名なところだと呪いのダイアモンドなんかもそうですね。パワーストーンと言えばピンとくる方も多いと思いますが、宝石の、それを身に付ける者に特別な力を与える、というイメージから発想を飛ばし、魔石という概念を思い付いたのです。とはいえ、別に偉そうに解説するまでもなく、わりとよくある概念ですが……。

ゲーマーな私は、たくさんのゲームから小説の着想を得ていますが、今回の作品に関しては某国民的ＲＰＧの七番目と、某聖剣な伝説の外伝的なゲームから強い影響を受けています。特に今回の主人公である、アレクとサンドラは、後者のゲームの人気エピソードで出てくる〝宝石商と宝石泥棒〟から名前を拝借しています（実際の名前はちょっとだけ違います）。そんな二人が営む、〝魔石屋アレキサンドライト〟のアレキサンドライトとは、宝石に詳しい方なら知っているかと思いますが、実在する宝石の名前です（とても綺麗な石なので、是非とも検索してみてください）。この宝石は光の当たり方で色が変わるので二面性があるのですが、それを二人に分けてできたのがこの主人公コンビ、アレクとサンドラでした。
またそれ以外のキャラも、実在する宝石やそれ関係から名前を取っていたりします。それぞれのキャラの元ネタを探してみるのも面白いかもしれませんね。何かまかり間違って、凄い人気が出たら、それぞれのキャラをイメージしたアクセサリーなんか作れたら良いですね。まあ一部のキャラの宝石は高額なので難しいでしょうが……。

私はライトノベル作家になって、まだ一年と新人ではありますが、ラノベ作家になって本当に良かったなあと思う瞬間はたくさんあります。その中でも特に、キャラデザのラフを見せていただいた時が一番だと思っております。今、こうして今作を手に取っている皆様なら分かるかと思いますが、本当に素晴らしいイラスト、キャラデザインとなっております。私のクソ雑キャラデザ指定書からここまでの物が出来上がったのはひとえにイラストレーター様であるｒｉｒｉｔｔｏ様のご尽力によるものです。おかげで、〝ラノベ作家は上がってきたキャラデザを見て、イラストレーターのいる方角へと五体投地する〟という都市伝説が本当であると知りました。子供用の床マットを敷いていたおかげで怪我をせずにすんだのは幸いでした。いや、もう本当に脳内の五十倍は素晴らしいキャラに仕上がっていて、ここで初めてキャラに息が吹き込まれたなあと実感。何度経験しても、この感覚は代えがたいものです。

そんな今作ですが、ＷＥＢ版と書籍版の両方を読後の方なら分かるかと思いますが、書籍版には書き下ろし含め、新キャラ（ヒロイン候補）が複数出てきます。是非とも、彼女達が活躍する？予定の二巻も楽しみにしていただければと思います。

さて、まあそんなこんながあって書かれた今作ですが、こうして書籍という形で皆様にお届けできたことは本当に光栄に思っております。今作を応援してくれた読者の皆様、書籍化しませんかと声を掛けていただき、書籍発売まで厚くサポートしていただいたアース・スターノベル編集部の今井様、素晴らしいイラストを描いていただいたｒｉｒｉｔｔｏ様など、様々な人のお力をお借りして、こうして素晴らしい書籍に仕上がりました。関わった全ての皆様に最大の感謝を述べたいと思います。

そして最後に、作品を作るにあたり、執筆業に対する理解を持ち支えてくれた家族と、様々な相談に乗っていただいた創作仲間の皆に最上級の感謝と愛を。

一巻よりも二巻と、どんどんパワーアップしていく内容にすることをお約束しますので、どうかこれからもアレクとサンドラ達の物語を見守ってあげてください。

それでは、またどこかでお会いしましょう。願わくは、良い読書ライフを。

令和三年九月

虎戸リア

ありがとうございました！

世界へ!
ヘルモード
～やり込み好きのゲーマーは
廃設定の異世界で無双する～
二度転生した少年は
Sランク冒険者として
平穏に過ごす
～前世が賢者で英雄だったボクは
来世では地味に生きる～
贅沢三昧したいのです!
転生したのに貧乏なんて
許せないので、
魔法で領地改革
領民0人スタートの
辺境領主様
戦国小町苦労譚
毎月15日刊行!!
https://www.es-novel.jp/

ようこそ異
反逆のソウルイーター
～弱者は不要といわれて
剣聖（父）に追放
されました～
転生した大聖女は、
聖女であることをひた隠す
冒険者になりたいと
都に出て行った娘が
Sランクになってた
即死チートが
最強すぎて、
異世界のやつらがまるで
相手にならないんですが。
俺は全てを【パリイ】する
～逆勘違いの世界最強は
冒険者になりたい～
アース・スターノベル
EARTH STAR NOVEL

EARTH STAR NOVEL

魔石屋アレキサンドライトへようこそ①
～規格外の特級宝石師とモフモフ宝石獣の異世界繁盛記～

発行 ―――― 2021年11月16日　初版第1刷発行

著者 ―――― 虎戸リア

イラストレーター ―――― riritto

装丁デザイン ―――― 石田隆（ムシカゴグラフィクス）

発行者 ―――― 幕内和博

編集 ―――― 今井辰実　及川幹雄

発行所 ―――― 株式会社アース・スター エンターテイメント
〒141-0021　東京都品川区上大崎3-1-1
目黒セントラルスクエア　7F
TEL：03-5561-7630
FAX：03-5561-7632
https://www.es-novel.jp/

印刷・製本 ―――― 図書印刷株式会社

ISBN 978-4-8030-1575-1